「ここ、かわいく勃《た》ってるね。僕を感じた？」
リディを組み敷いたまま、レオナールは彼女の乳首を
指の腹でそっとなぞりながら問う。

シフォン文庫

王太子妃の背徳の恋

京極れな

集英社

王太子妃の背徳の恋

Contents

イラスト／天野ちぎり

王太子妃の
背徳の恋

覚えているのはやわらかな唇の感触。

若葉のしたたる夏の庭。

かくれんぼの最中に、オベリスクの陰で口づけられた。

あたりにはリラの花が咲き乱れて、甘い香りがそこはかとなく漂っていた。

思わず閉ざした瞳をそっとあけると、天使のような美しい顔立ちの少年がいたずらな笑みをうかべて自分を見ていた。

幼馴染《おさななじみ》の双子の王子の片割れ。

レオナールなのかアロイスなのか。

リディアーヌには、相手がどちらなのかわからなかった。

絶対にだれにも秘密だよ。

耳もとにそっと優しくひとこと囁《ささや》かれた。

約束どおり、その口づけのことはだれにも話さなかった。

十歳の夏のはじめの、甘酸《あまず》っぱい初恋の記憶。

わたしの唇を奪ったのはどっちなの？

けれどどちらかにたずねたら、口づけのことが発覚してしまう。

だからリディアーヌは、七年が過ぎたいまでも、その答えをたしかめられないでいる。

第一章　再会

1.

いちごを見つけた。

「見て、野いちごが実ってるわ」

カスタニエ侯爵家《こうしゃくけ》の次女、リディアーヌ——家族や一部の親しい人からはリディと呼ばれている——は、宮殿の庭から続く森の散歩道を歩いている途中に、真っ赤に熟《う》れた小さな野いちごを見つけた。

まわりに茂るのは新緑のナラや樫《かし》の木だ。ゆうべまで降っていた雨が今朝にはあがったが、あたりには湿気をおびた朝靄《あさもや》がまだうっすらと残っている。

どこからともなく、季節を迎えたリラの花の甘い香りも漂う。

「かわいい」

リディは足をとめて、そばで野いちごをながめた。

彼女が着ているドレスは、白地に淡い水色のストライプで、四角くデコルテされた胸元に纖《せん》細《さい》な縁飾りがあるだけの清楚《せいそ》なものだ。野いちごを映している瞳の色は灰色で、顔だちはひかえめでおだやかな印象を与える。少し屈んだせいで、ゆるやかに波打つ栗毛の髪がさらりと肩先からこぼれた。

「むかし、よく採って食べたね」

となりでおなじように実を見下ろして言ったのは、金糸の刺繍《ししゅう》や肩章《けんしょう》の美しい濃紺《のうこん》の詰襟《つめえり》に身を包んだ幼馴染のアルデンヌ国の王太子、レオナールである。

陽の光に透けるような淡い金色の髪、目鼻立ちはすっきりと整い、ガラスのような透明感のあるアイスブルーの瞳は理知的なものをたたえている。

ふたりは秋に結婚することが決まり、それ以来、毎週水曜の朝はこうして一緒に王宮の庭を散歩するようになった。婚約が公表された今年のはじめごろからずっと続いている習慣だ。

「毒いちごだから食べてはだめなのだと叱《しか》られたわよね。ほんとうは毒なんてないのに」

リディは、優美に整ったレオナールの顔をあおぎながら笑う。

「ああ。お腹を壊すといけないからだろう。謀反気《むほんぎ》のある枢機卿《すうききょう》たちが献上してくれるワインよりよほど安全だと思うけどな」

レオナールもめずらしく皮肉めいた冗談を言いながら、屈んで野いちごをひとつ採りあげる。

「食べてごらん」

赤々と色づいた美味《おい》しそうな野いちごを、彼がリディの口に入れてくれる。

「ん……っ」

野生のもの独特の甘酸っぱい味が口の中にひろがって、リディはきゅっと目をつむる。酸味に負けて、思わず頬《ほお》を押さえたくなるほどだ。けれど、しまいにはほんのりとした甘さが残る。

「おいしい」

リディがほほえみながらつぶやくと、レオナールの手がのびてきて、すっと彼のほうにひきよせられた。

（あ……）

そのままふわりと優しく彼の腕の中に包みこまれてどきりとする。

「なつかしい味だったかい？」

レオナールが、胸に抱いたリディの唇を間近でじっと見つめてくる。

リディは鼓動が高まるのを感じた。彼のアイスブルーの瞳は木漏れ日《こもび》を受けて透けるようにきらめき、まるで貴石でも見ているような心地になる。

「レオも食べてみないの？」

リディは口元に注がれる彼の視線に緊張しながら訊いてみた。

「僕はいいよ。それよりももっと欲しいものがある」

レオナールは眼もとをわずかにゆるめてから、そっと顔をよせてきた。

もっと欲しいもの――。

彼が口づけを求めているのがわかって、リディはどきどきしながら目を伏せた。

レオナールは散歩の朝にだけ、こうしてきまぐれに口づけてくることがある。それ以外の場所では決して親密な行為をはたらかず、王子らしい節度の保たれたふるまいをする。あたりまえのことではあるけれど、彼のそういうまじめなところが好きだと思う。

けれど、リディはこの男《ひと》に、ひとつ疑惑を抱いてもいる。それは真っ白な布に落ちてできた一点のインクの染みのように気がかりなものだ。

レオナールには、社交界で噂《うわさ》になっている相手がいる。イレーネという名の、王太子妃候補にもなっていた伯爵令嬢である。

イレーネとの噂《うわさ》が聞こえはじめたのは、ちょうどレオナールとリディの婚約が正式に発表された今年のはじめ頃だった。

リディはそれまで、忙しくてなかなか会えない彼とときどき手紙のやりとりをしていたのだが、噂が発覚したころから文通はやめ、かわりにこうして散歩をするようになった。

手紙よりも、きちんと時間をとって顔を見て話すことで仲を深めたいというのが彼の言い分だった。リディとしては文通も好きだったので残念に思ったけれど、ひょっとしたらそれも、イレーネが原因なのではないかと勘繰《かんぐ》ったりもしている。気持ちが彼女にむいているから、手紙を書くのがおっくうになったのではないかしらと――。

レオナールの唇が、リディのそれにそっとかさなる。

この感触にはいまだに慣れない。

レオナールのことは愛していると思う。けれどイレーネの存在があるせいか、ほかの令嬢たちが話しているような、からだの芯が蕩《とろ》けてしまうほどに甘い恋人同士の口づけを、リディはいまだに体感したことがないのだ。

「ん……」

レオナールの手が、なにかを促すようにリディの顎《あご》にそえられる。

いつもは唇をかさねあわせるだけで終わるのに、今朝は違った。リディの閉じた唇に熱くてやわらかなものがちらりと触れてくる。

リディはびくりとした。彼の舌なのだと気づいたときにはもう、それが自分の口の中に忍び込んできていた。唇を割られ、濡れた舌先で中を軽くさぐられる。

こんな口づけをかわすのははじめてだ。リディは未知の感触に衝撃を受けて、とっさにレオナールの胸を押してはなれた。

「レオ……」

動揺《どうよう》のあまり胸を大きく上下させ、彼のほうを見られないまま、咎《とが》めるようなかぼそい声を洩《も》らす。意識とは無関係に、頬が熱く火照《ほて》るのがわかった。

「すまない。驚かせるつもりはなかったんだが」

レオナールが申し訳なさそうに言って肩をすくめる。思わぬ拒絶に、彼のほうも戸惑っているふうだ。

「……ごめんなさい」

リディはいたたまれなくなって、うつむきがちに謝りかえす。

彼の舌の感触が、口の中に生々しく残っている。恋愛の経験のない自分には、さきほどのような深い口づけをいきなりすんなりと受け入れることはできそうにない。

それきり、ふたりのあいだにぎこちない空気が流れた。

近くの木でさえずっていた小鳥までもが啼《な》きやんでしまい、まのびした沈黙が落ちる。

(もう子供じゃないのだから……)

リディはレオナールを突き放したことを後悔しながら、自分に言い聞かせる。

いつまでも挨拶《あいさつ》のような軽い口づけではすまされない。いずれ夫婦になるのだから、行為が親密になってゆくのは自然なことなのだ。

「いいんだ。ゆっくり仲を深めていこう」

リディの心中を察してか、レオナールが彼女に手をからませながらおだやかな声で言う。

「ありがとう……」

彼の優しさと繋《つな》がれた手から伝わるぬくもりに、リディは胸がほっとあたたまるのを感じた。

イレーネとの噂さえ気にしなければ、優しくて誠実な人なのだ。

ふたりは、ふたたびゆっくりとした足取りで散歩道をゆく。

道は広大な芝の庭園に続いており、そのむこうにはバロック建築の白亜《はくあ》の宮殿が見える。王族とその臣下が住まう、広大かつ典麗《てんれい》なオドレイユ宮殿である。

ふいに木にとまっていた小鳥が飛びたって、揺れた枝先から落ちた水滴がレオナールの前髪を濡らした。

「朝露に濡れたわ」

リディは小物入れから白い絹のハンカチを取り出して、露をはらおうとするレオナールに手渡す。

「これは僕がきみに贈ったものだね？」

レオナールが、隅に水色の絹糸でほどこされた楷書体《かいしょたい》の「R」の刺繍《ししゅう》の文字を見とめて訊いてきた。

「ええ、そうよ」

婚約指輪と一緒に受け取ったものだ。

ハンカチの端《はし》にある細かなレースを見て、リディは思い出したように話しはじめた。

「きのう、うちに仕立て屋さんがきたの。マルティニでは有名な服飾師なんですって。結婚式のドレスに使うレースのパターンブックを見せてくださったのだけど、どれもとても細い糸できれいに葉や花が編み込まれていて目移りしてしまったわ」

リディはいくつかのニードルレースの美しい見本を思い出しながら話す。

「マルティニ市国のレースは軽くて繊細で有名だな。王侯貴族のあいだでもとても人気だから、1オーヌ（1・2m）の値がレース職人の年俸を超えるものもあるそうだよ」

「ほんとうに?」

リディは目を丸くする。

「高価だろう。むこうではいま、レースが富の象徴みたいになっているらしい。……そういえば、アロイスが帰国することになったんだ。そろそろこっちに戻って公務の手伝いをするようにとお父上から命が下された」

「アロイス……」

懐かしい名を耳にしたとリディは思った。

アロイスは、隣国マルティニ市国に遊学中のレオナールの双子の弟で、リディとはレオナールとおなじく幼馴染である。

ふたりの容姿は見分けがつかないほどによく似ている。実際、幼いころから乳母ですらまちがえることがしょっちゅうで、まわりはいつも彼らに色違いの服を着せたり、髪型を変えることで混乱を避けてきた。扱いに関しても、レオナールを王太子として、アロイスはそうでない者としてはっきりとした区別がなされていた。

けれど十をすぎたころから、彼らはそうしてはなはだしく区別されることを嫌い、それに逆らうように常に揃《そろ》いの衣裳《いしょう》や髪型を意識し、異なるのは胸元につける徽章《きしょう》の綬《じゅ》の色程度にとどめるようになってしまった。

その理由は、彼らのどちらもくわしくは語りたがらない。

おかげで王室関係者はみな、ますますふたりをまちがえるようになった。胸章なしでも彼らを即座に見分けることができるのは、血を分けた妹のシルヴィア王女ただ一人だけだと言われている。

「アロイスは、わたしたちの婚約のことは知っているのよね？」

「ああ、もちろんだよ。全力で祝福すると言っていた。きみの花嫁姿をこの世で一番楽しみにしているのは僕とアロイスだろうな」

レオナールはにこりとほほえんで言う。

「……ありがとう」

リディはレオナールの美貌《びぼう》に浮かんだ笑みがまぶしくてはにかむ。

彼女は幼いころ、よくこの王宮の庭で遊んでいた。彼らの妹となるシルヴィア王女の遊び相手として、王と親しいカスタニエ侯爵の娘であり、年の近かったリディが選ばれて、頻繁《ひんぱん》に王宮に出入りしていたからだ。

幾人もの王太子妃候補のなかから自分が選ばれたのも、王家とは代々昵懇《じっこん》の仲であるカスタニエ侯爵家の威光と、レオナール自身の意思が尊重されたからだったという。

昔は、四人でよくおにごっこやボール遊びなどをして庭園の芝の上をころげまわった。

敷地内には小川がひきこまれているところもあって、季節ごとに、その付近の野辺に咲く花を摘《つ》みに行ったりもした。毎年春になると、ふたりが競って摘んでくれたヒナギクを編んで、王冠に見立てて彼らの頭に載せたものだ。

「アロイスに最後に会ったのは三年も前のノエルよ。それからずっと顔を見ていないわ」

レオナールと三人で、宮殿の庭に飾られた巨大なツリーを見上げたのを覚えている。

「王宮にはときどき帰ってきていたんだけどね。きみとはずいぶん会っていないいんだな」

「ええ」

リディの脳裏《のうり》に、淡い初恋の記憶がよみがえる。

十歳くらいまで、リディはアロイスのことが好きだった。レオナールがシルヴィアの面倒を見ながら遊んでいたから、アロイスのほうはそれを真似《まね》て、リディのことをよく気にかけてくれたのだ。彼は弟でありながら、とても面倒見のいい少年だった。

けれど両親から、将来はレオナールのもとに王太子妃として嫁《とつ》ぐことになると言い聞かされていたから、気持ちはいつしかレオナールのほうにむくようになった。どこかで、わかっていたのだと思う。アロイスに恋をしても仕方がないのだと――。

「あいかわらず似ているの？　はなれて暮らしていると顔だちも変わるっていうわ」

「どうかな。髪の長さくらいは違っているはずだと思うが」

「またおなじように切りそろえて、王室の人たちを困らせる？」

リディがくすりと笑いながら問うと、レオナールはまんざらでもなさそうな目をしてあいまいにほほえむ。

いまも、区別されることを嫌っているみたいだ。それだけお互いを愛しているということだろう。ふたりは幼いころからとても仲がいい。双子という比べられやすい環境におかれていたわりには、お互いに過剰《かじょう》な敵対心を燃やすことも、そこから生じる劣等感にふりまわされることもなく、それぞれが自分のペースを保ちながらのびのびと育ったという感じだ。

「会うのが楽しみだわ」

リディは、幼いころの記憶をたぐりながらつぶやく。

アロイスはレオナールにくらべるとやや奔放《ほんぽう》な性格で、次期王位継承が決まっていて年の浅いころから国事に携《たずさ》わっているレオナールとは対照的に、自由気ままに生きている印象がある。三年異国の地で過ごしてどんなふうに変わったのか、単純に興味をおぼえた。

「そろそろ帰ろうか」

レオナールに言われ、リディは無言のままこくりと頷《うなず》く。

ふたりは手をつないだまま、木立を抜けて芝の広場のほうに戻っていった。

2.

レオナールとの散歩を終えて王都にあるカスタニエ侯爵邸に戻ると、ひとまわりちかくも年のはなれた姉のゾエが来ていた。

「お姉様」

リディは居間で母たちと会話しているゾエを見てぱっと顔をかがやかせた。

「おかえりなさい、リディ。はやく会いたかったわ」

ゾエも満面の笑みでリディを迎え、肩を抱いてキスをしてくれる。

彼女は三年前に、アルデンヌ国屈指の名家に嫁《とつ》いでいるが、社交界で生かすためのさまざまな情報を得るためにときおりこうして実家に戻ってくる。

「このまえあなたが選んだジャン・アルノー氏の絵はとても評判がよかったわ。彼には人物の性格を描きわける力があると言われていて、いま、あちこちから制作依頼が殺到して困っているほどなのよ」

ゾエは父とおなじく芸術の愛好家で、サロンで無名の画家の絵を披露してその才能を世間にひろめているが、芸術家のギルドの中からこれという腕前の画家を見つけ出す役は、なぜかリディにまかされることが多かった。

「みんなが注目するのはお姉様が後押ししているからよ」

ゾエは、見目麗《みめうるわ》しく知識豊かで、当代きっての賢夫人《けんぷじん》として社交界でその名を知られている。

たしかに、妹の自分から見てもとてもゾエは美しい。まばゆいプラチナブロンドの髪、生き生きと輝くエメラルドの瞳。見る者を圧倒する天性の麗質《れいしつ》がそなわっている。栗色のくせ毛に落ち着いた灰色の瞳をしている地味な自分とは大違いだ。

おまけに彼女は社交術にも長《た》けていた。その場に居合わせた人たちと、すぐに会話の花を咲かせることができる。両親のいいところはすべて彼女がもっていってしまったのだ。

ゾエがあと十年若かったら——。

カスタニエ侯爵家のだれもがそう思っている。いや、おそらくアルデンヌ国中の人間が。

王太子妃になるのにふさわしいのは地味でおとなしい自分ではなく、輝かんばかりの魅力で人々を惹《ひ》きつけることのできる彼女だ。自分はたまたま健康で、年齢がふさわしかったために、その姉の代わりに嫁ぐのにすぎない。だからこそ王太子も、ほかの令嬢と浮名を流すことになるのだ。自分の魅力が足りていないせいで——。

「いいえ、人は本物にしか心を動かさないものよ、リディ。あなたがわたしにすすめたものはどれも鑑賞者の注目を集めている。あなたの感性が王都の人々の心を刺激しているのよ」

ゾエは謙遜《けんそん》する妹を笑った。

「大袈裟《おおげさ》だわ、お姉様」

リディはあいまいにほほえむ。けれどゾエの発言には不思議と説得力があって、褒《ほ》められれば悪い気はしなかった。

ゾエは意気揚々《ようよう》と続ける。

「いまの国王は、芸術が自分のためだけにあるのだと誤解しているともっぱらの噂《うわさ》だわ。あなたが王太子妃になったら、芸術振興にもっと力を注ぐよう王子にぜひ働きかけてもらいたいわね」

「芸術振興に……？」

「ええ、そうよ。宮廷に招いた新進の芸術家は、ちゃんとほかの貴族たちにも披露したり、地方に美術館を設置したりして、あたらしいものに触れるよろこびをもっと国中のたくさんの人々に教えてあげるの。リディには芸術家の才能を悟る力がある。それを無駄にしてはもったいないわ。いい絵や音楽に触れて、心を癒《いや》される人は大勢いるもの。人助けよ」

言われてリディは、以前レオナールとやりとりしていた手紙の中に、譜面《ふめん》が入っていたことを思い出した。音符を追って、美しい旋律をたしかめてゆくにつれて、沈みがちになっていた気持ちが晴れるのを感じたものだ。文面の言葉だけでなく、音でも心を癒されたのを覚えている。

「……人の心を救うのって、たった一輪の花や、絵や、音楽だったりするものね」

ゾエと話しているうちに、胸には自分にもできることがあるのだという期待が生まれてくる。

「そのうち、お願いしてみるわ、お姉様」

リディは前向きな気持ちになってほほえむ。ひとつ、あたらしい明かりをともされたような心地だった。

「そうしなさい、かわいいリディ」

ゾエはリディの髪を優しく撫《な》でて励《はげ》ましてくれる。あたたかい掌《てのひら》。こんなふうに夢や自信を持たせてくれるのだから、やはり彼女は素敵な女性だとリディは思う。なにもかもそろっている姉だけれど、妬《ねた》みたくても妬みきれない。そこがまたつらいところでもあったりする。

そこへ、飼い猫のべべが、なーうと鳴いてリディのもとへやってきた。

「あら、べべ。大きくなったわねえ」

ゾエが少し屈み、頰をゆるめてべべを見下ろす。毛の長い優しげな眼をした白猫だ。

「最近ちょっと太り気味なの」

リディは侍女《じじょ》が抱きあげてくれたべべを引き取りながら言った。やわらかであたたかなからだがぴったりと自分にくっついてくる。

「御馳走《ごちそう》を食べて寝てばかりいるからね。王子との散歩に連れていって運動をさせてあげたら」

「べべはレオにあまり懐かないの。うちに遊びに来てくれたときにうっかり熱い紅茶をかけてしまったのがいけなかったみたい」

「まあ、火傷《やけど》させてしまったの？」

「ええ……」

あれはべべが悪かったのだ。リディの膝の上から、となりで紅茶を飲もうとしていたレオナールにじゃれてとびかかった。カップはひっくりかえってべべは頭から淹《い》れたての熱い紅茶をかぶるはめになった。もちろんレオナールの下衣も濡れた。

「それ以来、レオを見ると怯《おび》えて近づこうともしないのよ。わざとやったことだと思っているみたい」

猫には言葉が通じないのだから仕方がないことだけれど。

「変に物覚えのいい子なのね、べべは」

ゾエは困り顔で笑いながらべべの喉《のど》をくすぐる。


その翌日の夜。

沐浴《もくよく》をすませて私室でくつろいでいたリディは、以前レオナールからもらった手紙をひさしぶりに読み返してみた。

文通は、彼らが士官学校に入って顔をあわす機会が減ったころに、リディが思いつきで書いた一通からはじまった。たわいない近況の報告や小さな悩みの相談のやりとりにすぎないが、婚約が正式に決まるまでの約三年間続き、彼からもらった返事は三十通近くにものぼる。

封蠟《ふうろう》は王家の紋章。

乱れのない、なめらかな筆致《ひっち》。感情にむらのない、彼の人となりをあらわしているようだ。

顔が見たいとか、きみの声がなつかしいとか、ときおり、そういうどきりとするようなことも書かれていて、知らず知らずのうちに文面の彼に惹《ひ》かれていた。

想いは実際に王宮で顔をあわせるたびにかさを増し、文通をはじめた翌年の夏至祭《げしさい》のころにはっきりとした恋心に変わっていた。手紙の中のレオナールの人柄に恋をしたのだ。

『親愛なるリディアーヌ

返事が遅いと思っていたら、また黒い靄《もや》が出てきてきみを困らせていたんだな。

それは生きている限り何度でもあらわれるし、だれにでも起こりうることだから心配しなくていいと思う。

僕に言わせれば、きみには、きみならではの魅力が十分にそなわっているから、悩む必要などまったくない。

僕がもっときみのそばにいて、その魅力に気づかせてあげられたらいいのにな。

近いうちに会いに行くから、それまでに毎日、鏡をのぞいて自分にほほえみかけて過ごしてごらん――』

手紙はこのあと、近況の報告が便箋《びんせん》一枚続く。

この返事をもらったときのことは、とてもよくおぼえている。

黒い靄というのは、リディが自分の中に抱いている劣等感の暗喩《あんゆ》だ。

姉のゾエが結婚して間もないころ。カスタニエ侯爵の次女にも耳目《じもく》が集まったが、妹のほうは顔にも性格にも華がなくておとなしすぎると、まるで姉にできた影であるかのように言われた。世間には、美人姉妹で通っている人たちもいるというのに、カスタニエ侯爵家の娘たちはそうではなかった。

幼いころから漠然《ばくぜん》と抱いていた悩みをあらためて人から指摘されて、リディはいたたまれなかった。社交界で風評に晒《さら》されて耐えられなくなるたびに、レオナールに遠回しにそのことをうちあけたものだ。

『わたしは、またわたしの中の黒い靄と戦わねばならなくなりました――』

このときは、そんなふうに書きはじめて、いろいろと胸中を語ったような記憶がある。

いま思えば、ずいぶんと独りよがりなことを書いた。けれど、当時は息さえもできないほどにつらかった。悩みにとらわれているときは、どうしても視野が狭くなってしまうものだ。

レオナールは黒い靄の正体が何であるか知っていた。彼のほうでもそれについてを直接明記してくるようなことはなかったが、苦悩を真摯《しんし》に受けとめて、前向きになれるよう解決策を導いてくれた。人が劣等感を抱いてしまうのは当然のことで、そういう醜《みにく》さも人間らしくて好きなのだともいってくれた。

それまで、面倒見がいいのはアロイスのほうだと思っていたけれど、レオにもそういう一面があるのを知ってうれしくなったものだ。

別の日付の封筒をあけてみると、今度は赤色に染まった一枚の木の葉が出てきた。

これは去年の秋のもので、彼からもらった最後の一通になる。

『親愛なるリディアーヌ

元気にしているかい。

僕は毎日、忙しい。

同封したのはこのまえ狩場でひろったカエデの葉だ。

山路に自生している木々の紅葉は素晴らしかった。

きみといつか、手を繋《つな》いでこの葉の上を歩きたい。

レオナールより』

手紙を書く時間もないほどに忙しいのに、それでも暇をみつけて返事をくれた。文は短くても、情熱的な言葉がひとつ書かれていれば、それだけで満足だった。リディは手紙の中のレオナールが大好きだった。

この手紙があったからこそ、リディはその後、イレーネとの噂が発覚したときも、「彼女とはなんでもない」と彼を信じることができたのだ。

世間の人々が自分たちの仲をどう判断しようと、彼が自分を望んでくれているというのなら素直に喜んで嫁げばいいのではないかしら。

手紙を胸に当てて、自分に言い聞かせるようにそんなことを考えていると、おりしも、侯爵邸に彼がやって来たと知らせが入った。

「どうなさいます、お嬢様。殿下がお嬢様に直接お会いしてお話しされたいと」

来訪を知らせにきた従僕が緊張した面持《おもも》ちで問う。

王子が邸宅にまでやってくることはこれがはじめてのことでもないのだが、とつぜんの夜の訪問に家人たちはみな落ち着かない。

リディも寝る支度《したく》を整えたあとのことなので一瞬ためらったものの、わざわざ足を運んでくれているのに追い返すわけにもいかないので会うことにした。

3.

私室で待っていると、ほどなくしてレオナールがあらわれた。

子供のころに彼がこの部屋を出入りしたことは何度かあったが、大人になってから迎えるのはそういえば今夜がはじめてだ。

彼は夜の闇に溶け入りそうな漆黒《しっこく》の詰襟《つめえり》を着ていた。肩の金釦《きんぼたん》や飾緒《しょくちょ》だけが燭台《しょくだい》の灯を受けて鈍く光っている。薄明かりの室内では、見慣れた彼の端正な美貌《びぼう》がより引き締まって見えた。

リディは侍女《じじょ》に目配せして彼とふたりきりにしてもらった。

「こんばんは、リディアーヌ」

彼はやわらかくほほえんだ。

「こんばんは、レオ。こんな遅くにどうしたの」

リディははにかみながら挨拶《あいさつ》を返す。

彼女はいま、夜着の上に花紋様の織りだされた総柄のナイトドレスをはおっているだけだ。洗い立ての髪はまだ乾ききっておらず、しっとりと肩に流れている。慣れない時間帯に、そういう無防備な姿でレオナールと会うことに妙に緊張した。それにたったいままで彼のしたためた手紙を読んでいたので、なにやら気恥ずかしくもある。

「忘れ物を届けにきたんだ。きのう、森で散歩したときに借りたものを」

レオナールはそう言って、手に持っていたハンカチをリディに渡してくれた。

「ハンカチ……。ええ、そういえば、あなたに渡したきりだったわ。ありがとう。わざわざ届けてくださらなくてもよかったのに」

父王から任されている公務に忙しい身で疲れているはずだ。

「きみの顔が見たかったから来ただけだよ、リディ」

リディはどきりとする。レオナールはいつも自分のことをリディアーヌと呼ぶ。リディと愛称で呼ばれるのは幼少のころ以来だ。

それきり、レオナールは口をとざし、熱っぽい目でじっとこちらを見ている。

ふだんは涼しげなアイスブルーの瞳が、燭台の炎を受けて艶《あで》やかにゆれている。

リディは落ち着かなくなり、レオナールに背をむけて、受けとったハンカチをマホガニーの書き物机の上に置きにいった。

胸が異様にどきどきしている。レオナールの雰囲気《ふんいき》が、明るい陽の光のもとで会うときとは微妙に異なる感じがするからだ。

(夜だから……?)

これまでにも夜会などで顔をあわせることはあったけれど、こんなふうにほの暗い部屋でふたりきりになったのは今夜がはじめてだ。侍女《じじょ》が去ってしまい、べべとレオナールしかいない

居室が、いまは妙にせまく感じられた。

(そういえばべべは逃げないのね)

いつもはレオの姿を見たとたんに部屋を出たがるくらいなのに、今夜は絨毯《じゅうたん》の上で丸くなっておとなしく寝ている。ようやく彼が危険な相手ではないことを覚えてくれたのかもしれない。

「もう眠るところだった?」

うしろから問われて、リディはかぶりをふった。

「……いいえ、まだ時間が早いから、本でも読もうかと思っていたところよ」

リディはソファのほうにむかい、たまたまその上に置いてあった本を手に取って、意味もなく頁《ページ》を捲《めく》りながら返す。手紙を読み返していたなんて恥ずかしくて言えない。

侍女がお茶を支度《したく》してあらわれたので、ふたりは並んでソファにかけた。

彼女がふたり分の紅茶を淹《い》れてふたたび部屋を出て行ってしまうと、

「いまはなにを読んでいるんだい?」

レオナールは、リディが手にしている本をのぞきこんできた。

「シュザンヌのロマンス小説を」

「ああ、人気の女流作家ね。作中のふたりはどんな恋を?」

「主人公のマルガレーテ姫はね、横暴な父王に隣国の年老いた王との政略結婚を言い渡されて、真実の愛を求めてお城を抜けだすの。それから森である男の人と出会って——……」

説明をしかけたリディは、ふとレオナールを妙に近く感じて彼のほうを見る。

彼の視線は手元の本ではなく、リディ自身に注がれていた。

間近で視線がからまり、ふたりのあいだの空気がにわかに親密なものになる。

彼のアイスブルーの瞳はあきらかにリディを求めていた。遠慮《えんりょ》もためらいもなくむけられたそのまなざしはひどく扇情《せんじょう》的で、リディのからだは思いがけなく熱くなる。

「キスしようよ、リディ」

「え？」

だしぬけに誘われて、リディは目をみはった。

「レオ、どうしたのいきなり……」

頬が染まるのを感じつつ、声をつまらせる。

ふだんは律したところのある人で、たとえふたりきりになっても、こんなふうに親密なそぶりを見せてくることはめったにないのに。

「きみの濡れた色っぽい唇を見てたらしたくなったんだよ」

リディの口元に視線を注ぎながら、レオナールは臆面もなくそんなことを言う。

唇の話などされて、ますます落ち着かなくなった。今夜のレオナールはやけに積極的だ。リディは彼の視線から逃れるようにうつむき、身じろぎする。

レオナールはリディの膝の上からそっと本を取りあげてしまうと、ソファの端に放った。頁がぱらぱらと捲れてぱたんと閉じる。

「ほら、目をとじて」

ほほえみながら優しく命じたかと思うと、彼はリディが目を閉じるのをまたずに顔をよせてきた。

決して性急な感じでもなく、ごく自然に背中に手をまわしてひきよせ、反対の手で顎《あご》をすくって、そういう流れるような所作《しょさ》で行為に及ぶから、リディはされるがままだった。

ふたりの唇がしっとりとかさなりあう。

（少しずつ、前にすすまなきゃ……）

きのうみたいな口づけも、今夜は逃げないで受け入れてみたい。緊張のあまり、リディが口をとざしたままで彼に応えようとしていると、レオナールはいったん唇をはなした。

「もう少し、唇の力を抜いてごらん」

無駄な力が入っていたらしく、彼が人差し指と中指でリディの唇に触れて、やんわりとそこをひらかせる。

彼の指はリディの緊張をほどく鍵《かぎ》だった。彼女はどことなく淫靡《いんび》な感じのするレオの指先を意識しつつ、言われるままに硬く引き結んでいた唇をゆるめた。

「そうだ」

レオがかすかに笑みを深め、ふたたび唇をかさねてくる。

眼を伏せる前に見た彼の面《おもて》は、うっとりと見とれてしまうほどに優美で艶《つや》めいていた。かたちのよい唇の、あたたかくやわらかな感触が伝わってくる。

そっと下唇を優しく嚙《か》まれると、下腹部にじわりと心地のよい感覚がひろがる。からだの芯が熱くなって、浮くような感じだ。

それから彼の舌によってリディの唇が押しひらかれて、わずかに空いたすきまから彼が侵入してくる。

「ん……」

きのうほどの驚きはなかった。リディはその慣れない感触にわずかに焦りながらも、同時にこれまでに感じたことのない甘い高揚《こうよう》感に包まれて、無意識のうちにからだの力を抜いていた。

(なあに、この感じ……？)

口づけをかわして、こんな気分になるのははじめてだ。そのまま、唇と舌で彼に求められる心地よさに惹《ひ》かれて彼に身をゆだねてしまう。

レオナールはリディが拒《こば》まないのをいいことに、角度を変えて何度も口づけをくりかえしてくる。言葉の代わりに、その行為で会話をするかのように。

「……ん……」

唇をかさねている時間は思いのほか長かった。いったん唇がはなれたと思ったら、じきに彼の唇が追いかけてきて塞《ふさ》がれてしまう。

どうしたの、レオ。

訊ねたいのに、その隙《すき》も与えてくれない。ここまで彼が長く激しく口づけてくるのもはじめてだったので、リディの鼓動は高まるばかりだった。

「愛してるよ、リディ」

ようやく唇をはなしてくれたレオナールが、熱い声で想いを吐き出す。

リディはどきりとする。愛している――この言葉を聞くのは、婚約が正式に決まったことを報告しにきてくれたとき以来だ。愛してるよ、リディアーヌ。一生大切にする。レオナールはそう言って自分を抱きしめてくれた。

「レオ……」

レオナールは、頬を染めてじっと固まっているリディの耳元にそのまま口づけてきた。ちゅ、と耳朶《じだ》を吸いたてる音を聞かされて、リディのからだの芯は甘く痺《しび》れる。

リディはあからさまな彼の性的な行為にうろたえて身をはなそうとするけれど、腰を抱く彼の手にはかえって力がこもった。あいた左の手で彼女の髪を梳《す》くように撫《な》でながら、首筋に唇を這《は》わせてくる。

「レオ……、あの……」

自分自身が、なにか引き返せない状態になってゆくような危機感にとらわれて、リディは身をこわばらせた。

「なに？」

レオナールは上目遣いで問いながら、今度はリディの鎖骨《さこつ》に口づけを落としてくる。

「あ……」

いつのまにか敏感になった素肌にレオナールの熱い唇と吐息を感じて、リディの緊張はいっそう増した。彼はそのまま、あらわになっている胸元のふくらみにまで舌を這わせてくる。

「や……っ」

しっとりと濡れた舌に素肌をなぞられて、リディは思わず短く声をあげる。

レオナールは彼女にかまわず、ときおり口づけの痕などを残しながら舌と唇を遣って彼女の胸元を愛撫《あいぶ》してゆく。

「やめて、レオ。くすぐったいわ」

それに卑猥《ひわい》すぎる。鼓動はうるさいくらいに高鳴り、リディのからだはいまや火がついたように熱くなっている。

「すぐに慣れるよ。それに気持ちよくなれる」

レオナールは言い含めるように返すと、ナイトドレスの合わせ目にあるリボンをするりとほどいてしまう。

「なにするの」

「着ているものが邪魔だから」

「……脱ぐ、の……？」

「そうだよ。僕が脱がせてあげるから大丈夫だ」

レオナールはそう言ってフリルに覆《おお》われたリディの懐《ふところ》に手を差し入れ、からだの線をたしかめるようになぞりながら前あきの部分をひろげる。

「あ……」

ナイトドレスはぱさりとソファに脱げ落ちて、リディが身に着けているのはリンネルの夜着だけになってしまう。薄布一枚で覆われている無防備な姿をさらすのが恥ずかしくて、彼女は身を隠すように自分の両肩を抱きしめる。

「それもいらない。きみのはだかを全部見せて、リディ」

「はだかって……、なに……するつもりなの……？」

リディは喉《のど》がからからになるのを感じながら及び腰で問う。

「わからない？　婚前交渉のつもりだけど」

レオナールはいたずらめいた笑みをはいてさらりと答える。

婚前交渉ですって……？

リディは耳を疑った。結婚前に男性と肉体関係を結んでいる女性がいることはたしかに知っている。幾人かの令嬢から、その体験談を耳にしたことも実はある。けれど自分がそれをするとなると——。

「ちょっとまって」

「さんざんまったよ、リディ。僕はもうまちくたびれてしまった」

レオナールは彼女の焦りは承知のうえで、そのからだに腕をからませてくる。

「そんな……」

まっていただなんて、ちっとも知らなかった。これまでそんなそぶりを見せたことはなかったし、リディ自身、結婚まではそういうことはしないものだと思い込んでいたから。

「今夜、してみようよ、リディ」

絶句しているリディの耳に唇をよせ、舐《な》めるように熱い声で誘いかけてくる。

「レオ……、でも……」

なぜ今夜なのだ。なんの約束もなくとつぜん訪れたこの夜に？

「こ、紅茶をいただきましょうよ。おかわりはわたしが淹《い》れるわ」

リディは話をそらし、レオナールの抱擁《ほうよう》から逃れて立ちあがろうとした。

しかし彼はそうはさせてくれなかった。

「僕が欲しいのは紅茶じゃなくてきみだ、リディアーヌ」

強い口調でたたみかけるように言って、リディを抱く腕に力を込める。

きみが欲しい。その言葉が意味することを察して、リディの胸はいっそう高鳴る。その音が、まるで警鐘を鳴らされているみたいに自分の耳の奥に響く。

レオナールは身動きの取れないでいる夜着姿の彼女を軽々と抱きあげると、そのまま次の間のほうへ歩いてゆく。

その先にあるのは彼女の寝室だ。

「だめよ、レオ」

リディはいよいよ焦りはじめた。レオナールは本気だ。

寝支度《ねじたく》のされた寝室は、枕元に燭台《しょくだい》の灯がひとつ点っているほかは、窓から月明かりがうっすらと差し込んでくるだけで仄暗《ほのぐら》い。

「どうして嫌がるんだ。僕たちは秋には夫婦になるのに？」

彼はベッドにリディを降ろすと、もの柔らかに言いながらそのまま身をかさねてくる。

リディの栗毛色の髪がシーツにひろがり、ふたりの重みでベッドがやや沈む。

間近に迫ったレオナールの広い肩や胸に、リディはどぎまぎする。

こんなふうに男の人に組み敷かれるのははじめてのことだ。相手の存在感がいっそう増して、自分がひ弱な小動物になったみたいな感じがする。

「ゆ、ゆっくり仲を深めていこうと今朝おっしゃってくれたばかりじゃない」

結婚前に素肌をかさねるなんてまちがっているような気がして、リディはたじろぐ。

「ごめんね。きみのナイトドレス姿を見たら気が変わってしまったんだ。蠟燭《ろうそく》の灯に照らされた胸元が色っぽくて、その下に隠れているもののことしか考えられなくなった」

レオはふたたび首筋に口づけを与えながら、しっとりとした声で囁《ささや》く。

「そんな……」

リディは首をすくめながら、レオナールの大胆《だいたん》な発言に戸惑う。こんなことを言う人だったかしら。

「大丈夫だ。なにも怖くはないよ。きみは僕の言うとおりにしてくれればいい。……もう一度、目を閉じて、リディ」

レオナールはリディの焦りを鎮《しず》めようと、耳元でますますおだやかに命じる。することは強引なのに、口調は優しく凪《な》いでいるから惑わされてしまう。

それから、彼がふたたびリディの口を塞《ふさ》いだ。はじめはそっと、唇だけを味わうように。

彼の唇と密にかさなりあう自分の唇が、その感触に慣れはじめているのがわかる。

やがて、どきどきと早鐘をうつリディの胸が、夜着越しに、彼の大きな手にやんわりと包み込まれる。

「あ……」

リディはびくりとして唇をはなす。

「じっとして。……やわらかくて気持ちいいよ、きみの胸」

レオナールはにやりと口の端をあげ、掌《てのひら》を動かしてゆるやかにそのふくらみを揉《も》みしだく。

薄手の夜着は、彼の大きな手の熱と感触を如実《にょじつ》に伝えてくる。リディの理性はそれに大きくゆさぶられてしまう。

「……ん……」

男の人にのしかかられて、乳房をさわられている自分が信じられない。けれど、ふくらみをゆっくりと愛撫《あいぶ》されるたびに胸がいっぱいになって、からだの奥底から今までに経験したことのない甘い感覚がこみあげる。

彼の視線はじっとこちらに注がれている。けれど、リディのほうは恥ずかしくてとても彼を見上げることはできない。

「そんなにからだに力を入れてちゃだめだ。もっと楽にして僕に身をまかせて」

乳房を包み込んでいる彼の手は、弧を描くようになまめかしく動かされる。それからときおり、指先でふくらみの尖端を転がすように撫《な》でてきたりもする。

「……は……ぁ……」

リディはレオナールの指先の動きにすっかりと意識を奪われ、心地よい緊張にふるえる息を吐き出す。

「ここにもキスさせて」

レオナールがリディの胸元に顔をよせてくる。

淡い金色の髪がさらりと間近でゆれたかと思うと、敏感になっている素肌が、彼のやわらかな唇の感触を受けとめた。

「あ……」

彼の熱い舌は、味わうようにゆっくりと彼女のからだの線をなぞってゆく。

「なめらかで、絹のような肌だな。触れるだけで夢中にさせられる」

レオナールは感じ入ったようにそれだけつぶやくと、レースに縁どられた夜着の釦《ぼたん》を器用にはずしだす。

彼女の胸は、レオナールの目に晒《さら》されることを予感して大きく上下している。夜着の下で、ふくらみの尖端がじわじわと熱をもっているのが自分でわかった。

レオナールはリディの恥じらいを無視して懐に手を差し入れ、ナイトドレスを脱がせたときとおなじように、からだの線をたしかめるかのように素肌をなぞりながら前をひらく。

「や……」

仄暗《ほのぐら》い中で、燭台の炎に照らされて蜜色になったふたつの乳房が露わになった。尖端の桃色の突起は、レオナールに弄《いじ》られたせいで硬くなっている。ふだん人に見せないところを暴かれて、リディは恥ずかしさのあまり眼をとざす。

「ここ、かわいく勃《た》ってるね。僕を感じた？」

リディを組み敷いたまま、レオナールは彼女の乳首を指の腹でそっとなぞりながら問う。

「……っ」

リディは敏感になっているところを刺激されて、ぴくりと肩をはねさせる。

「僕からの愛撫をまっているみたいだ。舐《な》めてあげるよ」

レオナールはそう言って左の手で乳房をつかみ、頂《いただき》に顔をよせて静かにそこを口に含む。

「あ……んっ」

桃色の乳首が彼の口におさまってしまうと、リディはからだ中が燃えるように熱くなるのを感じた。

「ああ……」

彼の舌は、じりじりと熱をもって疼《うず》くそれにしっとりとからみついてくる。

いたずらな舌先が尖端を弾いたり、吸いあげたりするたびに、そこに甘い感覚が生まれて、リディは熱い息を吐いて悶《もだ》えた。

「ん……っ、はぁ……あっ……、んぁ……」

リディはその未知の感覚に戸惑いながらも、彼の淫《みだ》らな舌遣いに翻弄《ほんろう》されて無意識のうちに声を洩らしてしまう。なにか、その舐められているところのほかにも疼くものを感じるのだ。下腹部の奥深いところに。

「甘い声を出して、リディは胸を舐められるのが好きなの?」

舌を遣うのをやめたレオナールは、頬を紅潮させているリディをのぞきこむと、ふたつの乳房を悩ましげに押しまわし、同時にぴんと立った乳首を指で弄りながらいじわるく訊いてくる。

「……ん……、そんな、こと……な……、んっ……ぁ……だめ……っ……」

「やっぱり好きなんだな」

五指を遣って貪欲《どんよく》に乳房を嬲《なぶ》っていた彼は、ふたたび乳房の尖端に舌を這《は》わせ、くすぐったさと甘い痺《しび》れに身悶えするリディを愉《たの》しむかのように、勃《た》ちあがったそれを唇でしごいて吸いたてる。

「んっ……レオ……っ、やめて……」

レオナールにこんなにも欲望に忠実にふるまう一面があったなんて知らなかった。あたらしい彼と、からだにもたらされる未知の甘い感覚に、リディの心は激しくかき乱される。

「下もさわらせて」

レオナールは乳房への愛撫のとりこになってすっかりと抗《あらが》うことを忘れているリディにねだるように囁くと、こめかみに口づけを落としながら、乱れた夜着の裾《すそ》をずりあげてゆく。

リディははっと息を呑《の》んだ。

彼の手が狙っているのは、彼女の下肢《かし》の付け根だ。

「そ、そんなところ……」

彼の目的に気づいたリディは、とっさに脚を閉じようと身じろぎする。

「なに？」

手をとめたレオナールは、なにをためらうのかという顔をしている。

「そ、そんなところをさわられたら……、恥ずかしいわ……」

リディは羞恥《しゅうち》のあまり、しどろもどろに言って拒《こば》む。いくらなんでもこれ以上の行為に及ぶのは抵抗がありすぎる。

「なにも恥ずかしくなんかないよ、リディ。愛する僕に、きみのいちばん大事なところがどうなっているのか教えて」

いつになく艶《つや》めいた目で甘えるように命じてくるから、リディはなにも言えなくなる。

レオ、今夜はどうしてしまったの。

リディの戸惑いをよそに、彼の手は膝から内腿《うちもも》にすべり、さらに脚の付け根の部分に近づいてくる。

「あ」

リディはその先にあるものを意識して下肢をこわばらせる。そこがさきほどから熱く疼いて、いつもとちがう状態になっているのを感じていたからだ。

「力を抜いて。胸よりももっと気持ちよくさせてあげるから」

レオナールはだめ押しのように囁くと、そこにそっと手を這わせる。

「ん……」

なんともいえない甘い感覚が込みあげて、思わず声が洩れそうになる。他人に触れさせるなどありえない場所をまさぐられて、リディの胸はどきどきしっぱなしだ。

「……ぁ……ん……」

彼女はからだが熱くなるのを感じながらレオナールの肩にしがみつくように手をかける。

「ここ、もう濡れてるんじゃないか?」

「……濡れ……て……?」

リディは彼の問いかけをくりかえしながらも、なんとなく自分のそこは潤んでいるような気がしてはらはらした。

今夜のレオナールは遠慮《えんりよ》を知らない。秘所のかたちを愉《たの》しむかのように、指の腹をゆっくりとそこに行き来させてリディを翻弄《ほんろう》する。

「……あン……っ……」

彼の指にほかとは異なるとても敏感になっているところをさぐりあてられて、リディは思わず高い声をあげてしまう。

「ここが感じる?」

レオナールは指先でくりかえしおなじ部分を撫でて刺激を与えてくる。

たしかにそこはとても感度がよくて、触れられるたびに下腹部が甘く痺れるような感覚がさざ波のように湧き起こった。

「……ん……っ……は……ぁ……ん……」

リディは、頬を薔薇《ばら》色に染めて乱れた息を吐きだす。

彼女の変化を見とめたレオナールは、その場所を狙ってますます淫《みだ》らにこすりたててくる。

「あ……、はぁっ……、や……ん……っ、やめて……レオ……」

リディは自分のからだになにが起きているのかわからないまま、下腹部から下肢全体にかけてひろがる心地よさに気をとられながら途切れ途切れに訴える。

「甘い声を出してかわいいな。いまどんな気分？」

レオナールはゆっくりと指を動かしつつ、耳元に唇をよせて熱い声で返事を求めてくる。

「どんなって、……あ……ぁん……っ……」

「言葉にできないほどに気持ちいい？」

レオナールは快感にとらわれてなにもかえせないリディを見て薄く笑う。

「見ればわかるよ。すごく感じているって。ああ、下着の上からじゃなくて、直接さわってもらいたい？　そのほうがもっと気持ちよくなれるよ」

めずらしくいたずらめいた笑みをはいて言うから、リディは怖気《おじけ》づいて弱々しく首をふる。

「いや……、そんなこと……」

しかしレオナールは聞いてくれない。

「きみがいやでも、僕はさわりたいな」

ぞくりとするような甘い声で囁くと、彼はリディの許しもまたずに、ドロワーズの中にまで手をすべりこませてくる。

「あ……」

指先でやわらかな茂みをさぐられ、リディはぴくりと内腿を震わせた。それはその先に触れられることを悟っておぼえる甘い戦慄《せんりつ》だった。

次いで敏感に勃《た》ちあがって疼いている花芯《かしん》に触れられ、彼女はひっと息を呑んだ。

「や……」

リディは恥ずかしさのあまり思わず彼の手をドロワーズの上からおさえつけるが、彼の指はかまわずさらに下のほうへとおりてゆく。そこは、ずっとまえから熱をおびてじりじりとしている場所だ。

「ん……っ」

彼が熱く震える花びらに触れると、そこはすでに潤みをたたえていて、ぬるりと指先がすべった。

「やっぱり、もうたくさん濡れてるよ、リディ」

耳元でしっとりと囁かれて、リディはどきりとした。

「わ、わたし……どうして……」

なぜそんな状態になっているのかわからず、リディは羞恥《しゅうち》に頬を染めてつぶやく。

「僕がそうさせているんだから心配しなくていい。ほら、こうするともっと濡れてくる」

レオが優しく言いながら、蜜をまとった指先を花芯まですべらせ、そのかたちをゆっくりとなぞる。

「あ……ん……」

指に花芯を弄《もてあそ》ばれるたびに、そこが熱を孕《はら》んでさらに甘く痺れるのがわかった。

甘美な刺激に惹《ひ》かれてリディが下肢をわずかに広げると、気づいたレオナールが指遣いを少し荒くする。

「リディのからだはいやらしいな。ここ、さっきより硬くなってよ、わかる？」

レオナールは指の動きをいっそう大胆で淫らなものに変えてそこを攻めたてる。

「はぁ……はぁ……、あ……んっ……」

花芯を愛撫《あいぶ》されるせいで、意識とは無関係に内腿がさざめき、爪先《つまさき》にまで甘い痺れが走って脚がぴくぴくと震える。

「ん……っ、や……、あ、んん……っ」

くりかえし与えられる刺激に、意識までが蕩《とろ》かされるような錯覚《さっかく》に陥《おち》いり、やがてそれが、リディの中ではっきりとした快感になってゆく。

彼に触れられることを、からだが悦《よろこ》んでいる。もっとしてほしいと望んでいるのがわかる。

けれどリディは自分のそういう欲求が恥ずかしくて、顔をそむけ、眉根《まゆね》を絞《しぼ》って必死にレオナールのしてくることから意識をそらそうとする。

「僕を見て、リディ。いまどんな気分か聞かせてほしいな」

レオナールはリディが追いつめられているのを知っていて、わざと訊いてくる。

「ん……っ、レオ、……もう、だめ……っ」

リディはレオナールの指が与えてくる気持ちのよい刺激に悶《もだ》える。からだからも心からも、なにかが溢れそうな気がして、彼女は必死にその快感に耐える。

「だめ？　なにがだめなんだ。まだほんの入り口をさわっているだけだよ」

「だって……こ、こんなこと……してちゃ……、ンンっ……」

拒みながらも、リディのからだは官能に目覚めようとしていた。彼の指が与えてくる刺激にからだが反応して、無意識のうちにそれを求めてしまう。

「でもきみのここはすごく濡れてるよ。ほら……」

レオナールは愛液のからみついた指先を、リディの目の前にもってくる。

蠟燭《ろうそく》の灯にあてられて、濡れた指先がはしたなく光る。レオナールは舌を出して、その愛液に濡れた二本の指をこれみよがしになまめかしく舐めしゃぶる。

「やめて」

卑猥《ひわい》な仕草に、リディは思わず顔をそむけた。レオがこんなことをするなんて。

けれど飴《あめ》色の蠟燭の灯のもとで見るいまの彼は、そういうふるまいをしてもなぜか魅惑的で、かえって惹《ひ》きつけられてしまう。

「おいしいリディの蜜の味がする。もっと濡らしていい？」

「あ……んっ」

ふたたびレオナールの指を花芯にすべらせ、リディをその気にさせるために淫らに攻めたててくる。硬いふくらみを押しまわす指先のなめらかな動きがどうしようもなく気持ちいい。

「ん、んっ、あぁ……ん、もう、いや……そこ、さわっちゃ……」

指を遣った巧《たく》みな愛撫はさらに花びらのほうにまでおよび、リディはふたたび底なしの快感に喘《あえ》ぐことになる。

「ほら、また濡れてきた。この蜜の出所をさぐらせて？」

言いながらレオナールは、濡れきった花びらにするりと指を送り、焦れて熱をおびている蜜口を軽く愛撫した。

「あ……」

リディが一瞬不安にとらわれて身を硬くする。彼は秘されたところに指を挿《い》れようとしているのだ。

「これだけ濡れていれば大丈夫だよ」

レオナールは瞳を潤ませているリディに囁くと、彼女のこめかみに口づけながらゆっくりと指を沈めてくる。

「ん……！」

リディはわずかに顔をしかめた。ひきつれるような鈍い痛みをともなって、自分のからだが彼の指を圧迫しているのがわかった。

けれどそれははじめのうちだけだった。二、三度浅く抜き差しされるうちに、彼の指にまとわりついた愛液のおかげで異物感がまろやかに消えてゆき、かわりに甘い感覚がひろがりだす。

「ああ、僕の指はすっかりきみの中に入ってしまった」

レオナールは指を付け根のところまで沈め、ゆっくりと指ごとまわしながら言う。

愛液に濡れた彼の指と媚壁《びへき》がこすれ、じわじわと官能の悦びが引きだされる。高まっていた緊張が、その心地よさによって徐々にほどけて消えてゆく。

「きみの中は熱いな、リディ」

レオナールは指の腹を上向かせ、愛液にぬるついた媚壁を少しずつ愛《め》でるようにこすりはじめる。

指を動かされるたびに性感がひたひたと高まって、リディの内奥はますます熱く疼く。

「あぁ………ン……」

レオナールの指戯《しぎ》のとりこになったリディは、抗《あらが》うことを忘れて、さざ波のように押しよせるゆるい快感の波に身をゆだねてしまう。

「痛む?」

優しく訊かれるが、リディは指の動きに気を取られてそれどころではない。

「……というより、気持ちいい?」

彼女の恍惚《こうこつ》とした表情を見とめたレオは、口の端に笑みをはいて問いなおす。

「……ん……ふ……っ、……ぁん……」

下肢《かし》の奥に響く心地よさに気を取られたリディはなにも返せない。

答える代わりに、頬を薔薇《ばら》色に染め、甘い吐息を吐きながら「やめて」と彼の胸に手を這《は》わせるのが精いっぱいだった。

「リディのいやらしい蜜はこの中から溢れていたんだな。この中のどこから？」

レオナールはわかりきったことを言って愉《たの》しみながら、指の腹で媚壁をきまぐれにこすりたてて彼女の性感帯をさぐりだす。

「ああ……、だめよ、レオ……」

リディは得体の知れない焦燥《しょうそう》にかられはじめ、彼の行為を咎《とが》める。このままではからだがどうにかなってしまいそうだ。

「このへんをさわられるのが好き？　それとももっと奥がいいか？　この指が届かないくらいの深いところを？」

レオナールのいじわるな指が奥深くに侵入してそこをかきまぜると、リディのからだはますます熱く反応してしまう。

乳房や花芯への愛撫は快感を引きだすための鍵《かぎ》でしかなかった。ほんとうの目的はここに、この潤みをたたえた奥にあるのだと思い知らされる。

「ん……っ……ぁ……んっ……あぁ……」

彼女はわきあがるばかりの高揚感《こうよう》を抑えるために、乱れた息の合間に何度も唾《つば》を飲み下す。

「ああ、どうしたんだ、リディ、僕の指をすごく締めつけてくるよ」

レオナールはリディが感じていることを知っていて、わざとらしく言い、深く差し入れた指先を内奥で躍らせて、彼女の性感を激しく翻弄《ほんろう》する。

「……あぁ……ん……いや……っ……」

はしたないと思うのに、彼の指先がもたらす心地よいうねりにつられて勝手にからだに力が入ってしまう。そうさせているのはレオナールのいたずらな指なのに。

「いやらしいリディは、こうやって指を挿れられるのが気持ちいいんだな。ほら、蜜がどんどん溢れてくる」

レオナールはわざとその音が聞こえるように指遣いを荒くする。

クチュクチュと卑猥《ひわい》な音が聞こえて、リディは恥ずかしさのあまりシーツを握りしめる。

「聞こえる？　きみのからだが、もっとこうやって奥までさわってほしいって言ってる」

レオナールは指の付け根ぎりぎりのところまでを蜜壺に沈め、濡れた秘所全体をゆさぶって攻めまくる。

「はぁ……はぁ……、ん……っ……、いや……、そんな奥、まで……指……挿れちゃ……、あぁ……ん……っ」

拷問《ごうもん》のような指戯にリディは息も絶え絶えになってしまう。

「いま、この濡れたきみの中に僕のを挿れたらすごく気持ちいいだろうな。挿れてもいい？」

リディははっとして熱に潤んだ目でレオナールをあおぐ。

挿れる——それは彼自身をこのからだに受け入れるということだ。

「まって……それは……」

それは、まだ怖い。

「僕ははやくきみとひとつに結ばれたいよ、リディ」

レオナールはあいたほうの手でリディの髪を撫《な》でながら、艶《つや》めいた甘い声で欲望を訴えてくる。

「わたしは……まだ……」

リディは掠《かす》れた声で返す。かといって、いつになったらいいのかと問われると答えられない。

「そうか、僕の愛撫が足りないんだね。じゃあ、もっとたくさんさわってあげる」

「そ、そういうことじゃないわ……」

たぶん、まだ結婚もしていないのに、こんな状況ですることに抵抗があるのだ。あるいは、はじめての経験にかかわる肉体的な怖れや不安のために。

それなのにレオナールは愛撫が足りなかったのだと思い込んで、さらに淫らな行為を仕掛けてくる。

「中よりもこっちをさわられるほうが好きだった？」

彼はあいたほうの手を思い出したように花芯にもってくると、ぬるついた莢《さや》をはらって、どうしようもなく敏感になっているそこをまろやかにこねはじめる。

「あん……っ」

リディは同時に二か所を刺激されて、腰が砕けそうになった。

「……ん、あ、……あ……んっ……」

「色っぽい声だな。その声は僕のモノを呑《の》みこんだあとに聞かせてよ」

レオナールは快感に悶えるリディを熱い目で見下ろしながら命じてくる。

（レオ……）

欲情した彼はほのかに荒々しくて、リディはそのことに我知らず興奮をおぼえた。ふだんには見られない支配的な態度に妙に惹きつけられて、身も心も燃えるように熱くなる。

「あ……あぁ……、んぁ、……ん……っ……だめ、もう……、それ、以上は……っ」

リディは、内腿《うちもも》から足の先にまでびりびりと響く甘い刺激から逃れようと必死に身をよじる。

「それ以上は、なに？　こんなふうに指で触るだけじゃ物足りないって？」

レオナールは笑みを深め、淫らな指戯を続けたまま優しく煽りたててくる。

「ちが……」

「じゃあ舐《な》めてあげようか？」

「な、……なに……言ってるの……」

レオナールがあられもない発言をするので、リディは目を白黒させる。

「みんながしていることだよ」

彼はリディの秘所から引き抜いた愛液まみれの指を、またしても思わせぶりな舌遣いで舐める。その舌の動きが淫らすぎて、リディはあたかもそれで自分の秘所を舐められているかのような錯覚《さっかく》を抱く。

「……うそよ……」

令嬢たちとひそかにかわされる体験談の中に、そこまで過激なものはない。行為の感想はあくまで婉曲的《えんきょくてき》に、抒情的《じょじょうてき》に語られるもので、事細かになにをするのかまでは耳にしたことはないのだ。

「知らないのはリディだけだよ。ほら、僕の舌でたくさん気持ちよくさせてあげるから、ここをひらいて」

抗《あらが》うリディを無視して、レオナールは強引に彼女の腿に手を割りこませて下肢をひらかせようとする。

「い、いやよ……なにを言っているの、レオ……」

リディはレオナールの力に抵抗しながら、かぼそい声で返す。こんなところをだれかに舐めさせるなんて恥ずかしすぎてできない。そのとき。

「お嬢様」

となりの部屋から、ノックの音と侍女《じじょ》の声が小さく聞こえてきた。

リディははっと息を呑《の》んだ。

侍女が来る。

レオナールもさすがにまずいと思ったのか、彼女から手をひいてはなれてくれる。

ベッドの上でからだを起こすと、のぼせるほどに巡っていたからだの熱が一気にひいた。

リディはそのままレオナールとともにあわててベッドからおりた。

それから、彼が手渡してくれたナイトドレスを急いではおりなおし、咳払《せきばら》いをひとつして声を整えると、そそくさと元の部屋に戻ってゆく。

鼓動だけが、どきどきと異常なまでに耳に響いていた。こっそり悪さをしていて、それが見つかりそうになったときみたいに。

「なあに?」

平静をよそおって扉越しに返事をすると、

「お母様が歌劇場からお戻りになられました」

侍女が答える。歌劇を観にでかけていた母親が戻ってきたようだ。

「わかったわ。どうぞ、入って」

扉があけられて、深い藍《あい》色の華やかなドレスに身を包んだカスタニエ侯爵夫人が部屋に入ってきた。

「お帰りなさい、お母様」

リディはいつもどおりにほほえんで、となりに来ていたレオナールとともに彼女を出迎える。

「王子がいらっしゃっていると伺《うかが》ってごあいさつに来たのよ。こんばんは、殿下」

夫人はなにも知らないまま、レオナールに目をうつして慇懃《いんぎん》に頭をさげる。

「こんばんは、侯爵夫人」

レオナールはふだんどおりの涼やかな笑顔で母に挨拶《あいさつ》を返す。

リディはレオの変わり身のはやさに驚きつつ、どきまぎしながらナイトドレスの合わせ目を握りしめる。

「どうでしたか、観劇は。いまは『ウェルテルの娘』が盛況と聞いています」

レオナールはさりげなく話題をふる。

「ええ、今夜はそれを観てまいりましたの。自害してしまうメゾソプラノのルイザの鬼気迫る熱演がとても素晴らしかったですわ」

「ああ、僕も彼女の『この悲しい希望』のアリアにはからだの芯まで揺さぶられました」

「悲恋ものは涙でお化粧《けしょう》が崩れて困ります」

レオナールは、さきほどまでの熱い愛撫《あいぶ》など嘘のように、夫人と軽やかに笑いあう。その切り替えのはやさには感心してしまうほどだ。

一方、リディのほうは、会話の最中も、彼に弄《もてあそ》ばれた下肢がじっとりと濡れたままなのが気になって、まともに会話などできる状態ではなかった。

4.

土曜日の夕方。

リディは王室の内輪の晩餐会《ばんさんかい》に招かれたので、盛装して両親とともにオドレイユ宮殿に出向いた。

晩餐会は、アロイスの帰国を祝ってひらかれるものだった。

彼女の選んだドレスは、象牙《ぞうげ》色のシルク地に金糸で花葉模様のほどこされた上品であたたかみのあるものだ。髪は高めに結いあげて、ゆるく巻いた毛先が華やかに散るかたちにし、すっきりと露わになった首には細かな真珠《しんじゅ》の連なったネックレスをつけた。顔立ちとあいまって、わりと落ち着いた雰囲気《ふんいき》のいでたちである。

晩餐のはじまる時刻になると、宮殿の大会食の間にある三十人掛けの長いテーブル席は盛装した紳士淑女によって埋められた。

上座には国王が座し、その右隣は王妃、左隣には帰国したばかりのアロイスが座っている。

アロイスの横にいるのは深緑色のサテンのドレスに身を包んだ妹のシルヴィア王女。

真鍮《しんちゅう》の燭台《しょくだい》と瑞々《みずみず》しい生花の盛られたテーブルには、できたてのアルデンヌ料理とワイングラスが並んでおり、それらを挟んでシルヴィアのむかいに座っているのがレオナールだ。

ほかは王室にゆかりのある人たちが続き、きらびやかで上品なドレスに身を包んだ夫人や令嬢はさながら花壇《かだん》にひらいた花のように見える。

壁際には等間隔に給仕係が立って食事を見守っていて、リディたちがあらわれると一様に頭をさげた。

王太子妃になることが決まったリディは、レオナールの右隣の席に案内された。リディの右隣には父であるカスタニエ侯爵夫妻が並ぶ。

リディは、立ちあがって自分を迎えた王子がレオナールなのかアロイスなのか、はじめ区別がつかなかった。ただ、王家の紋章の刻まれた胸章の綬《じゅ》の色が彼は青だったので、自分のとなりの席にいるほうがレオナールだったとわかっただけだ。レオは赤色である。

やわらかな淡い金色の髪、涼やかなアイスブルーの双眸《そうぼう》。上品に整った鼻梁《びりょう》。優美なその顔立ちと品格のただよう濃紺《のうこん》の詰襟《つめえり》の盛装姿はレオナールと瓜《うり》ふたつで、美貌《びぼう》の双子の圧倒的な存在感には感嘆の溜め息がでてしまうほどだ。

国王がアロイスの帰国を祝って口上をのべ、シャンパンで乾杯したあと、

「ひさしぶりだな、リディ」

アロイスはリディにほほえみながら話しかけてきた。

「三年ぶりね？」

リディはグラスをテーブルに戻しながら返す。

「そうだ。すっかりきれいになったね。昔からかわいかったけど」

臆面もなく褒《ほ》め言葉を口にするので、リディははにかんで口をつぐむ。アロイスは幼いころからわりとこんなふうに素直にものを言う人だった。

こうして話してみても、声も表情もレオナールにそっくりだ。しかしどことなくまなざしがレオより鋭い感じもする。それはほのかに危うくて、かえって見る者を惹《ひ》きつける類《たぐい》のものだ。

「レオとの婚約、おめでとう。お妃《きさき》になるのはきみだろうとなんとなく予想していたけど、知らせを受けたときは驚いたよ」

アロイスは給仕係から赤ワインを受けとりながら言う。

リディは隣のレオナールと一瞬目をあわせてから返す。あらためて仲をみとめられて、頬が少し赤くなる。

「ありがとう」

「マルティニ市国での暮らしはどうでしたか、アロイス殿下？」

リディの隣のカスタニエ侯爵がたずねる。

「教皇が目を光らせているわりに自由な気風の国ですよ。色々と勉強になりました。宗教事業の実態から、女性たちの奔放《ほんぽう》さまで」

女遊びをほのめかすような発言に、侯爵は肩をすくめて笑う。どこまでが本音かわからないが、そんなふうに相手を困らせるのが好きなところも昔と変わらない。

「それにしても、あいかわらずおふたりはよく似ていらっしゃること。わたくしどちらがアロイス殿下なのかわかりませんでしたわ」

カスタニエ侯爵夫人が、アロイスとレオナールのほうを交互に見ながら感心する。

「はなれて暮らせば、双子でも食事や習慣のちがいによって顔立ちが変わってくると言うが、王子たちに限ってはまったく影響を及ぼさなかったようですな」

侯爵が言うと、

「おれは油っ気の多いマルティニの料理にはなじめなかったので、食事係にはもっぱらこちらのものを作らせていました。水はおいしい国でしたけどね」

「結局、ふたりは髪型もそろえてしまったのね？」

リディがふたりの寸分たがわぬ髪型を笑いながら指摘すると、

「みんなの反応を楽しむために、帰国してすぐにアロイスが僕にあわせて切ったんだよ。これで僕らは胸章ひとつ取り替えればいつでも入れ替わることができる」

レオナールが隣で冗談を言って笑う。

「見た目だけじゃない。互いの情報なら常に密にとりあっているから、おれは明日にでもレオナールになれるよ」

アロイスは自信たっぷりの顔で意味深なことを言う。

「あら、そんなことをしたってわたくしの目はごまかせないわよ、お兄様たち」

リディのむかいのシルヴィアが、アロイスとレオナールを見比べて強気の発言をする。

「そういえばおまえにはしっかり見抜かれてしまったな」

レオナールが口惜しげに苦笑する。アロイスの帰国後、すぐに髪型をそろえて見分けをつかなくしたものの、彼女だけはふたりをあっさりと見破ってしまったのだという。

「シルヴィアはいったいどこでふたりを見分けているの？」

リディは不思議に思ってたずねる。

「直感的な印象よ。わかりやすくかつ大袈裟《おおげさ》にたとえるならば、レオ兄様が羊でアロイス兄様は虎ってところね」

シルヴィアは得意げに笑って答えた。

「羊か。そんなおだやかな男に見えるかい、僕は」

レオナールが自覚のない笑みをうかべつつ首をひねる。

「いいえ。実はうまいこと羊の皮で正体を隠してる狼よね。ほほほ」

「人聞きの悪いこと言うなあ、おまえ」

隣のアロイスがまんざらでもなさそうな顔で笑う。

まわりの人々は冗談として聞き流したが、リディはレオナールと伯爵令嬢イレーネとの関係のことをほのめかされているような気がしてひっかかった。

「血がつながっているから見分けられるのかしら」

カスタニエ侯爵夫人がひとりごとのようにつぶやくと、

「それにしてはわたしたちでも間違えることが多いのだがな」

王が王妃のほうを見て苦笑する。親でも区別がつかないことがあるほどなのだ。

するとと王妃がフォークを動かす手をとめて言った。

「シルヴィアの目があるから大丈夫ですわ。それに代わりのきく者がいるならアルデンヌ国は安泰《あんたい》じゃありませんの。この子がメディシ教などに毒されていなかったらの話ですけれど」

やや棘《とげ》のあるせりふに、食事をしているみなの手もとまる。

「どういう意味です、母上？」

当のレオナールだけが、王妃の発言を聞きとがめつつも悠然《ゆうぜん》とワイングラスを傾けている。

現在、アルデンヌ国にはふたつの宗教が存在している。

隣国のマルティニ市国に総本山があり、教皇が大陸中の信徒の統治権を握るメディシ教会と、そこから独立し、国王が教会の首長をつとめるアルデンヌ国教会である。

国内のメディシ勢力はかつてのようにアルデンヌ国を教皇の支配下におくために、国教会を廃してふたたびアルデンヌをメディシ教に統一する機会を虎視眈々《こしたんたん》と狙っているのだと言われている。

「あなたがメディシ教のミサに参加していたという噂《うわさ》を耳に入れたのよ、アロイス」

王家の人間は、もちろん全員が国教会信徒のはずである。

「へえ、それは興味深い。しかし残念ながら彼らの聖像を拝んだ記憶などおれにはありませんね。なにかのまちがいでしょう」

アロイスは空《から》になったワインを給仕に渡し、おかわりを受けとりながら淡々と返す。飲むペースが早い。最後に会った時にはお酒などまだ飲まなかったのに。彼にもたしかに月日が流れたのだと感じる。

「帰国の準備期間中には、こちらにいるシャントルイユ枢機卿《すうききょう》と何度か連絡をとりあったそうね」

王妃も食事を再開しながら、ことさらにさりげない口調を装って訊いた。

「彼に祖国のようすを伝えてあげただけですよ。王政庁が調子に乗って教会の税率をあげて首を絞めるので資金繰りに忙しく、里帰りする間もないそうで」

メディシ教弾圧に対する皮肉ともとれる発言だ。王妃はふたたび食事の手をとめた。

「大事な息子が売国奴《ばいこくど》などと囁《ささや》かれてはたまらないわ。今後は慎重に行動なさい」

王妃は言い逃れを許さぬ厳しい口調で命じる。

「国境を越えた裏のない噂《うわさ》を信じる前に、愛息の潔白な主張を信じてもらいたいですね」

アロイスは涼しい笑みをうかべて返す。

「はっはっは。帰国早々につまらぬ親子喧嘩《げんか》をするでない」

王は場の雰囲気《ふんいき》が悪くなるのが気に入らないらしく、鷹揚《おうよう》に言って笑い飛ばしてしまう。

こんなふうにあからさまに責められるなんて、アロイスはなにか裏切り行為でもはたらいているのだろうか。リディも気にかかったが、ここではでしゃばって発言する権利もないので黙っていた。

その後、あたらしい料理が運ばれてきて、その気まずい話題はたち消えになった。


晩餐会がおひらきになったあと、大理石の階段を降りて宮殿の外にむかう途中に、アロイスが踊り場で足をとめて言った。

「ここの絵が変わったな」

彼は壁に飾られた油彩画を見ていた。

リディも足をとめてその絵をあおいだ。

「ヴァトーという画家が描いたものよ。わたしの父が国王陛下に贈ったものなの」

「そうだったのか」

金の額縁におさまっているのは、上流階級の人々が庭園で音楽を奏でて楽しんでいる風景を描いたものだ。父に意見を求められて、リディが父の後援している画家の中から彼を選んだ。

「彩色の才能のある方なの。筆だけでなく、ご自分の指もお使いになって描かれるそうよ」

リディは讃《たた》えるように言って、その場の空気を伝えるような奥行きのある色あいをじっと見つめる。

「そういえば、きみが選んだ絵画や工芸品が、貴族や蒐集家《しゅうしゅうか》のあいだで高く評価されているのだと聞いたよ」

アロイスはリディの横顔に視線を移して言う。

「お姉様が後押ししているおかげよ」

リディはあいまいにほほえむ。自分は芸術の知識もまだまだ深くはなくて、直感的によいと思ったものを選んでいるのにすぎない。

「そうかな。……この絵は黄金比や円を意識して配置されている。目で追いやすい構成だから、鑑賞者には好まれるんだよ。きみはそういうのを無意識のうちに見抜いてしまうんだろう」

アロイスは感心しているようすだ。ゾエにも似たようなことを言われた。

「レオと結婚したら、そういう感性を生かして芸術振興に力を入れるよう働きかけてってお姉様に頼まれたわ」

「ああ、それがいいね。まずは王太子妃がみずからヌードモデルでもつとめてみるか？　絵には高値がついて、大陸中に贋作《がんさく》が出まわるだろうな」

突飛《とっぴ》な発言にリディは眉《まゆ》をひそめる。

「本気で言ってるの？」

「まさか。冗談に決まってるだろ。もしそんな絵があったら、おれが最高値で買い取って一生宝物殿に保管しておくよ」

どこまでが冗談なのかつかめない、思わせぶりな笑みをはいてアロイスは返す。

「酔っているのね？」

顔にはほとんど表れていないが、ずいぶんワインを飲んでいた。

「きみの美しい瞳にならね」

アロイスがじっとこちらを見つめながら、低く甘い声で返す。そのまま意識をからめとられてしまいそうな親密なまなざしだ。お世辞《せじ》とわかっているのに、不覚にもどきりとしてしまい、リディは恥ずかしまぎれの皮肉を言いながら横をむく。

「そんな臭《くさ》いせりふもマルティニ市国でおぼえてきたの」

リディの瞳は味気ない灰色だ。異性を酔わせるほどに美しい色かたちでもない。

「きみはあいかわらず、自分がもっている魅力にまったく気づいていないんだな、リディ」

アロイスはそう言ってリディの手をとり、その手の甲に口づける。

「あ……」

彼のやわらかな唇の感触に、またひとつ鼓動がはねた。

そしてその瞬間、リディは奇妙な違和感にとらわれた。アロイスと触れあうなんてひさしぶりのことなのに、ついきのうにでも、そうして彼と肌を重ねていたような感じがしたのだ。長くはなれていた月日など、まるでなかったかのように。

「どうかした？」

アロイスが、リディの表情に気づいてさりげなくその手をはなし、顔をのぞきこんでくる。

「い、いいえ、なにも……」

リディは戸惑い気味に返しながら、彼と触れあった手を自分でにぎりしめる。たしかによく知っている感覚だった。からだが覚えているというのか——。

（レオナールに似すぎているから？）

あまりにもそっくりだから、そんな奇妙な錯覚《さっかく》を抱いてしまうのだろうか。思いがけない感覚に胸がさざめいた。

彼女の中に、かつてアロイスに淡い恋心を抱いていたころの記憶がよみがえる。幼いころも、彼のこういう気まぐれなふるまいに惹《ひ》きつけられて、赤くなったり青くなったりしたものだ。

と、そこへ、

「リディアーヌ、ご両親がおまちだ。馬車まで送るよ」

リディをさがして引き返してきたレオナールが声をかけてきた。

「ごめんなさい。いま参ります」

リディは不思議な既視感《きしかん》にひっかかりをおぼえつつも、アロイスに会釈《えしゃく》して別れを告げると、ドレスの裾《すそ》をさばいてレオナールのもとに急ぐ。

アロイスは立ちどまったまま、去ってゆくリディのうしろ姿をじっと眺めていた。

「絵画の話をしていたのかい？」

宮殿前の車寄せにむかう道すがら、レオナールがたずねてきた。

「ええ、ヴァトーさんの絵のことを」

「アロイスも感性が豊かで芸術方面には詳しいから話があうだろう。きみはあいつをどう思う？」

レオナールはややあらたまった口調で質問をかさねてくる。

「どうって、あいかわらず見た目はそっくりね。見分けがつかなかったわ」

生き写しといってもいいほどだ。いまも胸章なくしては、シルヴィア以外のだれも彼らを見分けることはできないだろう。

「そっくりすぎて、彼にも惹かれたりしないかい？」

レオナールがちらとリディの横顔をのぞきこみ、冗談めかして問う。

「わたしが婚約しているのはレオよ。あなた以外の人のことなんてなんとも思わないわ」

リディはわずかに心が揺れるのを感じながらも、きまじめに答える。だからもしあなたもイレーネと関係をもっているのなら手を切って——そんなことも一瞬脳裏《のうり》をかすめたが、もちろん口には出せない。

「そう。それならよかった」

レオナールは安堵《あんど》したようにほほえみながら、彼女を車寄せでまつ馬車へと促す。

そうだ。アロイスへの初恋はとうの昔に終わった。自分が恋しているのは、自分をあたたかい言葉を綴《つづ》った手紙で支え、励《はげ》ましてくれたレオナールだ。アロイスのことなど、仲のよかった幼馴染《おさななじみ》で、いずれ親族になる相手なのだというくらいの認識しかない。

ドレスの裾をもって両親がまつ馬車に乗り込みながら、リディははっきりとそう自覚していた。

このときは、まだなにも知らなかったから――。

5.

数日が過ぎた。

リディは馬車を出してもらい、つきそいの侍女とともに王宮のレオナールのもとに赴《おもむ》いた。オレンジピールを作ったので、それを届けるためだ。

以前、水曜の朝の散歩で手作りのお菓子が食べてみたいという話が出たのを思い出して、父に頼んで菓子職人を招き、厨房《ちゅうぼう》に無理を言って一緒に作らせてもらった。焼き菓子と迷ったが、酸味のあるさわやかな味のオレンジピールを選んだ。

会う約束は昨日のうちにとりつけたものの、忙しいのであまり長くは会えないかもしれないと言われた。けれど、直接顔を見て手渡すことができれば満足だった。

（おいしいって言ってもらえるかしら）

期待に胸をはずませて馬車にゆられる彼女の身を包むのは、咲きほころんだ花のような、袖《そで》にふくらみのある淡い桃色のドレスだ。四角くあいた胸元から、リボンが縦に三つほど愛らしく並んでいる。

オドレイユ宮殿には約束の時刻きっかりに到着した。

控えの間で取り次ぎのためにあらわれた秘書官の青年にたずねると、彼はいま執務室にいるのだと言われてしまった。

「お仕事中なのね。ごめんなさい。やっぱり出直してまいります。これだけお渡ししてくださる？」

リディはお菓子だけを渡して引き返すことにした。やはり忙しいのだ。

「いいえ。おかまいなく。リディアーヌ様ならお通しするように仰《おお》せつかっておりますゆえ」

秘書官は気を遣ってひきとめてくれる。

「では、すぐに帰るので少しだけ」

リディは申しわけなく思いつつ、秘書官の言葉に甘えて彼に会うことにした。

秘書官が執務室をノックすると、果たしてレオナールの声が返ってきた。来客者がリディであることを告げられると、彼はすんなりと入室を許してくれた。

リディは侍女とわかれて、ひとり執務室に入っていった。

執務室を訪れるのははじめてだが、丈《たけ》のある格子窓《こうしまど》は南向きで室内は明るかった。窓を背にしてマホガニーの執務机が置いてあり、壁は一面が書棚《しょだな》になっている。物があるべき位置にきちんとおさまった、整然とした部屋だ。きちんとした彼の人柄をあらわしているかのように。

「おはよう、リディアーヌ」

執務机の椅子《いす》にかけていたレオナールは、眼を通していた書類を机に戻しながらほほえんだ。彼はシャツに中着《ジレ》だけのくつろいだ姿で、上衣を身に着けていなかった。

「おはよう、レオ」

ほほえみかえしたリディの脳裏《のうり》に、とつぜん数日前の夜の淫《みだ》らな出来事がまたたいた。なるべく考えないようにしていたのに、本人を前にしたとたん、急に記憶が鮮明によみがえってしまい、思いがけず顔が赤くなる。

(部屋でふたりきりになったせいかしら……)

けれどレオナールのほうはとくに意識しているふうでもないので、リディもあわててそんなことは頭から締め出した。

「ごめんなさい、お仕事中なのにお邪魔して。あなたにお渡ししたいものがあって」

リディはオレンジピールの瓶《びん》の入った鞄《かばん》を胸に抱えなおして言う。

「きみがわざわざ届けに来てくれるなんて嬉しいよ。中味はなんだい？」

「お菓子職人を招いて一緒にオレンジピールをつくったの。よかったら召しあがって」

「ああ、いいね。それ好きだよ。ブランデーのつまみにして食べたいな」

レオナールが思いのほか喜んでくれたのでリディはほっとした。

「こっちに来て、見せてくれ」

レオナールが言うので、リディは嬉々として彼のそばに行き、オレンジピールを詰めた瓶を手渡す。

透明な瓶の中には輪切りのオレンジ―ピールがたくさん詰まっている。濃いオレンジ色のそれは砂糖をまとって艶《つや》やかだ。

「輪切りってめずらしくないか？」

レオナールは瓶を目の前に掲げて中を眺めながら言う。

「ええ、でもきれいよ。オレンジが朽《く》ちてゆく瞬間を永遠にとどめた感じがするでしょう？」

リディがおなじように瓶の中味を見てわくわくしながら説明すると、

「朽ちてゆく瞬間を？　……きみは不思議なことを言うな、リディ」

レオナールは興味深げに彼女に目をうつす。

「ご、ごめんなさい……、わたし、おかしなことを言った……」

リディはあわてて口をつぐむ。自分ではわからないけれど、ときどき家人や友人たちからも首を傾《かし》げられることがある。人とは感覚がずれているのだろうかと悩んでしまう。彼女が引っ込み思案になる原因もそこにあった。

「そうじゃない。そういう独特の感性で、あの人々を惹《ひ》きつける絵や音楽を選んでいるんだと感心したんだよ。……このまえ話していた画家のヴァトー氏は、父上の意向で宮廷画家としてとりたてられることが決まった」

レオナールは、しょんぼりしているリディのために誇らしげに告げた。

「ほんとうに?」

思いがけない報告に、リディは目を丸くする。ヴァトー氏は、父が長年後援してきた画家のひとりだ。

「ほんとうだよ。父上はさっそく騎馬像を描かせるのだそうだ。きみのおかげだよ。彼はきみに一生をささげてもいいくらいに感謝するだろうね」

レオナールは椅子に掛けたまま、腕をのばしてリディのからだをひきよせる。

ヴァトー氏の成功を喜ぼうとしていたリディはとつぜん抱かれて平衡《へいこう》を崩し、座っている彼のたくましい両肩に手をついた。

距離が近まり、ふたりのあいだの空気が一気に親密なものになって、リディはどきりとする。

ここは宮殿の執務室で、いま彼は仕事の最中なのに。

レオナールはそのまま立ちあがると、リディを執務机の上に座らせた。机の端に、ふわりとドレスのスカート部分がひろがる。

「かわいいリディ。キスをさせてくれよ」

レオナールがリディの上半身を抱いたまま、耳元でねだる。また、リディと愛称で呼ばれた。彼の熱い吐息を耳に感じて、リディの鼓動はにわかに早くなる。

「だめよ、レオ。こんなところで」

執務机にお尻をあずけているのだって行儀《ぎょうぎ》が悪い。

「僕ときみしかいないじゃないか」

「そのうちに人がくるかもしれないわ」

「かまわないよ。取り込み中なのだと言って追い返してしまえばいい。僕は王子だ。僕の言うことにはだれも逆らえないよ。――きみもね」

言い当てられて、リディはどきりとする。

たしかに、逆らえない。王子だからというのではなく、この男自身に人をつき従わせる素質がそなわっている。本能にじかに訴えてくる、人を魅了してひれ伏せさせる力。この前の夜といい、今日といい、最近のレオナールはそれをリディにも惜しみなく使ってくるようになった。口づけを甘く感じるようになったのも、きっとそのせいなのだ。

「ん……」

レオナールがだしぬけに首元に口づけてくる。

鎖骨《さこつ》のあたりを唇でなぞられ、リディはくすぐったくてぴくんと肩をはねさせる。

レオナールは遠慮《えんりょ》なく鎖骨に舌を這《は》わせてくる。そのすっきりとしたかたちをたしかめるかのようにゆっくりと。

「ん…………」

リディは熱くてやわらかな舌の動きに敏感に反応してしまい、思わず身をよじる。

背中にあったレオナールの手は、脇をすべって彼女の胸元にたどりつき、コルセットでしめあげられて美しくふくらんでいるデコルテの乳房の線をなぞる。

「狼になってもいい？」

レオナールはしっとりと艶《つや》めいた声で、悪だくみを告げる子供のように囁《ささや》いてくる。

リディはどきりとする。そういえば、妹のシルヴィアが言っていた。レオナールは羊の皮をかぶった狼なのだと。

「あ…………っ」

彼はリディの返事などまたず、彼女のドレスとペチコートを大胆《だいたん》に捲《めく》りあげると、露わになったふくらはぎのあたりを上にむかって掌《てのひら》で悩ましげに撫《な》であげてくる。

「レオ…………」

頭ではこんなことをしていてはいけないと思うのに、彼に触れられるとなぜか甘い感覚がこみあげて、それに惹かれてつい抗《あらが》うのを忘れてしまう。

脳裏《のうり》にまたあの夜の記憶がまたたく。まるで続きを望むかのように。芯まで蕩《とろ》かされたあの淫《みだ》らな行為を、からだはしっかりとおぼえているのだ。

「この内腿《うちもも》の白さがたまらないな」

レオナールはつぶやきながら、ドロワーズの繊細なレースの際を指の腹でゆっくりとなぞりあげる。

リディは喉《のど》がからからになるのを感じて、ごくりと唾《つば》を呑《の》んだ。

素肌は異常なほどに敏感になっていた。ゆっくりとすべる指先。その動きをまって、リディの腿がふるふると震える。

「感じる？」

レオナールは這わせた自分の指先を見下ろしながら静かに訊いてくる。その先にあるものを狙っているのがありありとわかる、淫らな仕草と熱い視線。

手を払いのけることもできるはずなのに、なぜかリディはそれができない。

「あ……ん……っ」

ついに下肢《かし》の付け根に触れられると、彼女はたまらなくなってぴくんと背をのけぞらせる。

「こ、ここは執務室よ……、いったいなにを考えているの……」

リディは戸惑いと緊張のために掠《かす》れた声で咎《とが》める。

「きみのいやらしいあそこのことだけだよ」

秘所をさわったまま堂々と答えるレオナールに、リディは目をむいた。

同時に、からだが火をつけられたかのようにかっと熱くなる。

「はやく愛《いと》しいきみとひとつになって、この中に僕の熱いものをぶちまけたい」

レオナールは耳元に吹き込みながら、秘所の奥まった部分に手をすべらせてくる。

「レオ……なにを言って……」

ふだんにはありえないきわどい仕種《しぐさ》と淫らな発言に、リディの心拍はますますあがる。

「受けとめてくれるか?」

レオナールの面《おもて》にあるのは自堕落《じだらく》的な笑みだ。リディは不覚にも、その色気のしたたる美しくも危険な表情に魅了されそうになり、

「い、いやよ、おかしなこと言わないで!」

頬を染めたまま、ついに怒ったように非難する。

「言わせているのはきみのほうだよ。ほら、ここ、濡れてるだろう?」

レオナールは優しい声で静かに問いながら、ドロワーズ越しに触れた秘裂《ひれつ》に指先を行き来させる。

「ぬ、濡れてなんか……ない……わ……」

リディは否定しながらも、その確信がもてなかった。彼女の脳裏《のうり》には、先日の夜の出来事が

よみがえっていた。あのときみたいに、からだの芯が熱い。おなじように、たくさんの蜜が溢《あふ》れているのではないか。

「じゃあ、じかにさわってたしかめさせて？」

レオナールは退こうとしない。

「い、いやよ」

リディは文字通りの及び腰になってしまう。また指を挿《い》れるつもりなのだ。こんなところで。執務室の机の上で、脚をひらかせられた状態で。

けれどそういう彼の大胆な態度がいっそうリディのからだを火照《ほて》らせた。

レオナールはそのまま強引にリディの唇を奪うと、彼女の気が逸《そ》れたのをいいことにドロワーズの中に手をしのばせてくる。

彼の遠慮のない指先がやわらかな下生えを辿って花芯《かしん》にさわり、さらにその奥の花びらのあたりがどうなっているのかをたしかめにかかる。

「んっ……」

ぬるりと指先が滑り、下肢全体に甘い痺《しび》れが走って、リディはまたぴくりと腰をはねさせる。

案《あん》の定《じょう》そこは、はしたないほどに潤みをたたえていた。レオナールに反応していたのかと思うと恥ずかしくて耳まで赤くなる。

「ここもう硬くなってる」

レオナールは優しく言いながら、愛液に濡れた指先で硬く勃《た》ちあがった花芯を愛《め》でるようになぞる。

「ん……っ……ぁ……」

敏感になったところをまろやかに刺激されて、リディはふるふると内腿を震わせる。莢《さや》をはらってこねまわされれば、花芯だけでなく、花びらから内奥にかけてが痛いほどに甘い熱をもって痺《しび》れ、リディはじきに追いつめられてしまう。

「は……あぁ……、は……ぁん、だめ、レオ……」

彼女は羞恥《しゅうち》に頰を染めつつ、甘美な刺激に脚をふるわせて悶《もだ》える。

「恥ずかしがらなくていいんだよ。きみのからだがこんなふうになるのは、僕を愛している証拠なんだから」

そう言って、レオナールは潤んだ秘裂《ひれつ》にぬるりと指をくぐりこませてくる。

「あ……ん……、指、挿れちゃ……」

慣れない異物感は、彼の指が四、五回ゆるやかにそこを行き来するうちに甘い痺れに変わった。

「はぁ……はぁ……、あん……っ、そこは……、ん……ぁ……」

彼の指はリディの官能を次々と呼び覚ましてゆく。リディはレオナールの淫らな指戯《しぎ》に耐えられず、眉《まゆ》を絞《しぼ》って甘い声を洩らしてしまう。

「ここ、気持ちいい？　リディアーヌ」

　レオナールは指の腹でリディァの中に眠っている性感帯をさぐりあて、それを知らしめるようにこすりたてる。

　刺激を与えられるたびに愛液が溢れ、内奥がますます熱く疼《うず》く。

「ん……んっ……んぁ……、気持ち……い……、あ……んっ……」

　快感のとりこになったリディァは、抗《あらが》うことを忘れ、はしたなく腰をうねらせてレオナールの指を受け入れてしまう。ここは王宮の執務室で、明るい陽の光が差し込む昼間だというのに。

「ああ、いやらしいリディァのあそこが僕の指をしっかり咥《くわ》え込んでるよ。ほら、この音が聞こえる？」

　レオナールは指先の動きを荒くしてわざとクチュクチュと音をたてる。

「ん……、や、やめて……」

　その粘り気のある水で遊んでいるような卑猥《ひわい》な音を聞いて、リディァはますます高揚《こうよう》してしまう。と、その刹那《せつな》。

　身をのけぞらせてうしろ側に手をついた拍子に、彼女の指先になにかが触れた。

「あ」

　見ると、そばにあったインク壺《つぼ》が倒れて、黒インクが紙の上に小さくこぼれている。

「インクが——」

「ああ、そんなものは気にしなくていい。シャントルイユ枢機卿の寝言になんと返事をしようかと参考のために見ていただけだ」

レオナールはリディの広くあいた胸元にちゅ、と口づけを落としながら頓着《とんちゃく》のない様子で言う。

「でも……」

司教たちのサインもしたためてあって、大切な機密文書のように見受けられる。

「気になる？　審理官との話しあいで握りつぶされる予定のものだから心配はいらないよ。それとも正直に詫《わ》び状でも書こうか？　貴殿の請願は僕と未来の王太子妃とのセックスの下敷きになり、揉《も》み消されました、と」

「レオ……」

レオナールはこんな痛烈な冗談を言う男だっただろうか。そもそも、こんなふうにときところかまわず手を出してくるようなこともなかったのに――。

狼になっていい？　そう訊かれた。これが、レオナールの本性なのだろうか。口にする言葉も挑発的で、ふだんの彼とはまるで別人のようだ。

リディが困惑しているうちに、秘所への彼の愛撫《あいぶ》はますます大胆《だいたん》になってゆく。

「ああ、ますます濡れてきたな、リディ。こんなに濡れてるのを見たら舐《な》めたくなる。ここ、舐めさせて？」

レオナールは、ちらりと赤い舌先をのぞかせながら、淫靡《いんび》な笑みをはいてねだってくる。

「いや……」

また舐めるだなんて言って。そんな行為、とても受け入れられそうにない。リディはどきどきしながら、下肢をひらかせているレオナールの手を押しのけてゆるゆるとかぶりをふる。

けれど彼は聞く耳をもたない。

「いまよりももっと気持ちよくしてあげるから」

言いながらリディの腰を浮かせてドロワーズを強引に脱がせてしまうと、自分は椅子に座り、身をかがめて無理やりひらかせたリディの秘所に顔をよせる。

髪とおなじ色の下生えと、愛液に濡れた彼女の秘裂《ひれつ》は、窓から差し込む陽の光を艶《つや》やかに弾いている。

「魅惑的な色をしてるね」

レオナールが充血して色づいた花びらをじっと凝視しながら言う。

「み、見ないで、レオ……」

淫靡な視線が羞恥を煽《あお》る。執務机の上で下肢をさらけだしているという信じられない状況に、リディが眼を閉ざして震えていると、レオナールの舌先がちろりと花芯に触れる。

「あんっ」

ただひと舐めされただけなのに、リディの腰は大きくはねた。

「ほんとうに感じやすいんだな、リディのここは」

レオナールはそのことが嬉しいらしく、ひと笑《え》みする。それから唇と舌で、溢れた愛液をしっとりと味わうように舐めとって、それをぬるりと花芯に押しつけてくる。

「あ、あ、あぁ……ん……」

レオの舌はやわらかで弾力があった。受けとめたリディは、恥じらいを忘れさせるほどに甘美なその感覚に熱くわななないた。

「や……めて……」

舌先でまろやかに押しまわされれば、ぬるま湯がひろがるような快感が下腹部に響いて、リディは恍惚《こうこつ》とした表情になってしまう。

レオナールは飴《あめ》でも舐めるような気まぐれな舌遣いでそこを舐めつくし、リディを快楽の淵《ふち》に落とし込んでゆく。

「きみの中がヒクついてもっと舐めてって言ってる」

レオナールは右手の中指で、愛液にぬめった花芯や花びらを淫らに弄《いじ》りながら笑う。

そしてそのまま指を彼女の中に沈めてしまうと、ふたたび舌での花芯への愛撫をはじめた。

「あ、指……まで、……挿れちゃ……」

リディはその身を襲う甘すぎる快感におののいて、屈んでいるレオナールの肩をむこうにやろうとするけれど、まともに力が入らなくて無意味な抵抗におわる。

「あ、あ……んっ、だめ……、んんっ……、んぁ……っ……」

下肢が甘く痺れる。リディの意識はすべてレオナールの淫靡《いんび》な指と舌の動きにさらわれて、彼女はただ息を乱して喘《あえ》ぐことしかできなくなる。

「中からも音がしてるな、リディ」

レオナールの舌が花芯を吸いたてる音に加えて、彼の指にかきまわされるリディの蜜壺《みつつぼ》からもクチュクチュと淫らな音が聞こえだす。はしたないと思うのに、その音を聞いたリディのからだはますます煽《あお》られ、内奥がじわりと痺れてあらたな愛液を吐き出す。

「ん、ん、はぁ……はぁ……はぁ……」

両方を同時に攻められて、リディの息はますます乱れる。理性にはどんどん霞《かす》みがかかって、自分でも信じられないような鼻にかかった甘い声がこぼれる。

「あぁ……あぁ……ん、レオ……、だめ……、そこ、舐めちゃ……、指と……一緒は……、あ……う……ん……」

レオナールに花芯を舐め転がされ、下肢にたとえようのない快感がくりかえし波のように押しよせる。

「静かにしていないとだめだよ、リディ。そんな色っぽい声を出したら外に立ってる衛兵に聞こえてしまう」

レオナールはますます舌と指の動きを大きくしてリディを喘がせる。

「だ……だって、レオが……」

わざと感じやすいところを狙ってくるからいけないのだ。

「僕がなに？」

レオナールは、わかっているくせに白々しく訊いてくる。

「あ、あ、……そんな……ところ、な……舐めない……で……」

ふたたび舌先で莢《さや》をはらった花芯を押しまわされると、痛いくらいの快感が迸《ほとばし》ってそこからからだが溶けてしまいそうになる。

「……おねがい……も、……もう、おわりに……して……」

リディは声を震わせて懇願《こんがん》する。うつむいたために、栗毛色の髪が肩からさらさらとこぼれる。

「無理だな。かわいく乱れるきみが見たくてやめられない」

レオナールはいじわるく笑みながら花芯を舐めたおし、ずくずくになった蜜壺の奥深くに指を何度も何度も出入りさせる。

「ん……んぁ……もう……指、動かさ……ないで……あ……あ……んっ……」

花芯と内奥を同時に攻められ、どうしようもなく強い快感に襲われて、リディはなにも考えられなくなった。からだはただレオナールの舌と指の愛撫に歓喜して、その快感をむさぼるばかりだ。

「ああ……、だ、だめ……っ……はぁ……はぁ……っ……」

リディは下肢の奥底に蓄積する快感をもてあまし、背をのけぞらせて喘《あえ》いだ。その熱く甘いものが、からだからどこかに出ていこうとして暴れているような感じがする。

「ああ、その甘い声がたまらないな、リディ。僕もはやくきみのここに熱くなった僕のを挿《い》れて愛しあいたい。このままにしてもいい？」

アロイスが、秘所に突っ込んだ指はそのままに立ちあがって、あいたほうの手で下衣のベルトを外しにかかる。

「だ……だめよ……、こんな……ところで……っ……」

リディは荒い息を吐きながら、かぶりをふって拒《こば》む。

ここは執務室ではないか。

けれど拒みながらも、自分の中に彼の欲求に応えたいという意思があることにも気づく。このまま、彼と繋《つな》がりたい、彼自身を受け入れてひとつになってみたいという、強い興味と肉体的な欲望が息づいているのだ。

「ここでなければいいのか。夜のベッドの上なら？」

言質《げんち》でもとるかのようにレオナールが訊いてくる。官能に訴えてくる妖《あや》しいまでに情欲に満ちたまなざし。ふだんの彼にはないその艶《つや》めいた表情に、リディの鼓動はひときわ高まる。

「レオ……」

リディは自分の欲望を隠しきれなくて声を震わせる。

「きみも僕が欲しいんだろう？　だったらここで、いますぐに結ばれてしまおうよ」

リディの欲望を見抜いた彼が誘うように囁《ささや》き、猛《たけ》るものを引きずりだそうと片手で下衣の前をくつろげはじめる。

「あ……ん……っ、だめ……お仕事中……なのに……っ」

拒む言葉とはうらはらに、リディは彼の指戯《しぎ》がもたらす心地よい快感のうねりに抗うことができない。

だめよ、レオナール……。

けれどからだはあきらかに彼を求めている。彼のほうも、欲情にかられた熱い眼をしている。

この男《ひと》からは、もう逃れることができない。

（もう、このまま――……）

いまが昼間で、ここが執務室であることも忘れてリディが彼に身をまかせようとしたそのとき。

人の足音と話し声がかすかに響いてきて、ふたりははっと我に返った。

その人物たちがこの部屋に入ってくることに勘付いたレオナールが、いちはやくリディの秘所から指をひきぬき、彼女のからだを執務机の上から床におろして手早くドロワーズをもとの状態に戻してくれる。

下肢に残る快感の余韻《よいん》をいやおうなしに感じながらも、コルセットまでを外していなくてよかったとリディは密かに胸をなでおろした。でなければ、来訪者に乳房を披露することになっていただろう。

人の足音が扉の前で止まったかと思うと、次の瞬間、がちゃりと部屋の扉があけられた。

快感にゆるんでいたリディのからだは一気に引き締まった。

入って来たのはアロイスだった。なぜかレオナール付きの従僕《ともな》を伴っている。

「リディアーヌ。来ていたのか。……アロイスも」

彼は部屋にいたふたりを見て目を丸くする。

「え？」

（アロイス……？）

リディは耳を疑った。そして、はたととなりにいるレオナール――少なくとも自分はそう思っていた相手を見る。

『そうだよ。おれはアロイスだ』

その相手がリディの胸中を読んだかのようにこっそりと答え、淡くほほえむ。実にあたりまえのような顔をして。

（アロイスですって！）

リディの全身からさあっと血の気が引く。

まさか、そんな。

「うそ……でしょ……」

リディの唇は驚愕《きょうがく》のあまりわななく。

この人が、レオナールではなくアロイス？

一瞬、頭が真っ白になって、そのまま卒倒しそうになった。

「……わたし、てっきりレオだとばかり……」

リディはアロイスから目がはなせないまま、消え入りそうなかぼそい声で洩らす。

まちがえてしまったのだ。アロイスを、レオナールだと勘違いして。

だって、彼のほうも、はじめからレオナールになりきっていた——。

あってはならない事態に脚ががくがくと震えだし、たったいままで熱く痺れていたそこは、嘘のように冷めて萎縮《いしゅく》する。

「おまえたち、そこでなにをしていたんだ？」

リディの衝撃を知らないレオナールが、けげんそうに執務机のほうに近づいてくる。

「リディがうっかり書面にインクをこぼしたので掃除を」

レオナールに目を移したアロイスが、悪びれるようすもなくさらりと返す。実に平然と。

（アロイス……！）

リディは彼の変わり身の早さに目をみはりつつ、とっさに自分もそれに従わねばならないことを悟った。だって、どうして言うことができよう、あなたとアロイスをまちがえて、ここで熱いキスや愛撫《あいぶ》を受けていたなどと。

「ご、ごめんなさい……、届け物を置こうとしたらインク壷にさわってしまって……」

リディは目を下に泳がせながら、しどろもどろに言いわけをする。嘘などつきなれていないせいで、鼓動が異様に高まり、背中に嫌な汗をかいている。

「内容は把握《はあく》しているからなんとかなると思うが」

そばに来てインクの染みた書面をつまみあげたレオナールは、軽くため息をつきながら言う。寛大な彼に、とくに怒っている気配はない。

「オ、オレンジピールをつくったのでお持ちしたの、ぜひ召しあがって」

リディはろくにレオナールの顔を見られないまま、本来すすめるべきだった相手にうつむきがちにその瓶を差し出す。瓶をもつ手が不自然なくらいに震える。

「ああ、ありがとう。きみの手作りか。おいしそうにできてるな。めずらしく輪切りかい」

瓶を受けとったレオナールは、中味を見ながらアロイスとおなじようなことを言う。輪切りのオレンジピールに気をとられているおかげでリディの動揺《どうよう》には気づいていない。

「……わたし、これでお暇《いとま》するわ。お仕事の邪魔になるといけないから」

リディは精一杯にほほえんで言う。

実際はいまにも泣きだしそうな脆《もろ》い笑みがはりついているだけだ。胸が苦しい。レオナールの顔を見ることができない。もうこれ以上、ここにいられそうにない。

するとアロイスがよけいなことを言う。

「もう帰るのか？　一緒にお茶でも飲んでいけばいいのに」

（アロイス……！）

リディは平気な顔でそんな発言ができるアロイスが信じられなかった。彼には秘密をこしらえてしまったことに対する焦りも罪悪感というものもまったく見られない。

「お、お母様とお出かけする用事を思い出したので帰りたいの」

動揺《どうよう》したまま、リディにしては強い口調で言う。

「なら、また水曜の朝に会おう。表まで送るよ」

なにも知らないレオナールが、リディをドアのほうに促す。

リディはレオナールのもとにむかいながらも、彼の目を見ることができなかった。もちろん、アロイスの目も。

（わたし、アロイスをレオとまちがえてあんなことを――）

淫らに愛撫されて、思いきり彼を感じて声まで洩らしていた。

レオナールがなにか仕事がらみの雑談をしてくれるけれど、右から左だった。

リディは口を固く引き結んだまま、ひとり心の中でうろたえる。

（どうしよう。どうしたらいいの。こんなこと、絶対にレオには言えない……）

秘密ができてしまった。レオナールには知られてはならない危険な秘密が——。

焦りと羞恥《しゆうち》にかられて押さえた胸の底には、重たい鉛《なまり》のようなものがひろがっている。

アロイスのほうも、レオのふりをしてあんなことをしてくるなんて、一体どういうつもりだったのだろう。彼がなにを考えているのか、まったく理解できない。

そもそも、なぜ彼が、リディが訪れることになっていたこの時間にレオナールの執務室にいたのかも不思議だ。いつも、彼のもとを行き来しているというのかしら?

第二章　花の褥で

1.

それから、五日ばかりが過ぎた。

あの執務室での出来事があった日以来、リディは悩んでいた。

自分はアロイスをレオナールとまちがえて彼と関係をもってしまったけれど、それをレオナールにいつまでも隠しているのはまちがったことなのではないかと。

（でも、とても話せないわ……）

執務室の机でアロイスに抱かれかけたなどと知ったら、レオナールは怒り、傷つくだろう。

一方で、アロイスとの距離の取り方にも悩んでしまう。会って話す気にもなれずあれきりだが、彼のほうからも音沙汰《おとさた》がない。人を騙《だま》してあんなことをしておいて、あやまりもしないなんて。いったいなにを考えているのだろう。もっとも、小さいころに喧嘩《けんか》やいたずらを仕掛けたときも、素直に謝ってくれたことなんて数えるほどしかない人だけれど。

その日、リディは、国王の狩りに同行することになった。

狩りには王家の男性が幾人か参加することになっていて、もちろんレオナールやアロイスもその中に入っていた。

ふたりに会うのはあの執務室の事件以来だった。その週の水曜の散歩はさいわい雨で中止になってレオナールとは顔をあわせないですんだためだ。

ふたりと顔をあわせるのは気まずくて、狩りに同行するのにもあまり乗り気ではなかったのだが、シルヴィアが何度も誘ってくれたので加わることにした。男衆が狩りに出ているあいだは天幕で退屈なので、飼い猫のベベでも連れてきて自分の話し相手になってほしいという。


狩場は王領地と王都の境にある広大な森の一角だった。

早朝に宮殿を出発し、たどり着いたのは午《ひる》すぎだ。

王宮の庭続きにある林苑《りんえん》よりもずっと深い森で、休憩のための天幕が張られたのは狩りの館からはずいぶんとはなれた場所だった。

食事を終えて男衆が狩りに出てしまうと、随行《ずいこう》した幾人かの令嬢や夫人がお菓子をつまみながら草の上に敷かれた絨毯《じゅうたん》の上でおしゃべりをはじめる。

快晴で、森は初夏の清らかな空気に満ちていた。午後の光がやさしく降りそそぎ、瑞々《みずみず》しい若葉が木漏《こも》れ日《び》をはじいて輝いている。

べべは天幕の近くの木に爪を立て、登ったり下りたりをくりかえして遊んでいる。猟犬が狩りに出ていなくなったので、籠《かご》から出して自由にしてやったのだ。

ところが、ひとしきり木登りを堪能《たんのう》したあと、彼女がリディの膝に戻ってきたところで事件が起きた。いつのまにか狩りの集団から戻っていたらしい一匹のグレイハウンド犬が、べべの存在に気づいて吠えだしたのだ。

天幕に残っていた従者のひとりが短く笛をふくと、賢い彼はじきに黙ったが、臆病なべべは自分のからだの数倍もある犬が怖くて、あわててリディの膝から逃げだした。

「あ、べべ！」

リディはあわてて立ちあがった。

「大丈夫よ、リディ。ほうっておけばきっとまたここに帰ってくるわ」

シルヴィアが横から呑気《のんき》に言うが、リディはそのまま見過ごすことはできなかった。森で迷子になってしまったらもう戻って来られない。

彼女はそのまま逃げてゆくべべを追って森の中を走った。

「こら、まちなさい！」

追いかけられるのがおもしろいのか、べべはつかずはなれずの距離を保ったまま森の中を逃げつづける。林立する樹木のあいだをぬって、縦横無尽《じゅうおうむじん》に駆けてゆく。ドレスの裾《すそ》をつかんで走るリディはじきに息があがってしまった。

やがてべべがとんとんと樫《かし》の木の上に這《は》い登る姿が見えた。

木の根基にたどり着いたリディは足をとめ、べべの姿を求めて頭上を見上げたが、美しい若葉の梢《こずえ》がゆるやかな風に揺れているだけだ。

「べべ、どこ?」

おかしい。たしかにこの木の上に登って行ったように見えたのに。

「べべ!」

もう一度あたりを見まわしながら呼んでみる。

森の中にリディの澄んだ呼び声が響くが、べべが出てくる気配はない。

「どこへ行っちゃったの……?」

リディは、迷わないようにまわりの景色を目に焼きつけながら、うろうろと木の付近をさがしはじめる。けれどどこまで行ってしまったのか、べべはいっこうに見つからなかった。

そのうち、ふと自分も方向を見失ってリディは足をとめる。

(あれ……?)

樫の木の並びを記憶したはずなのに、その景色がどこにもない。見まわすと、あたりは似たような樹木が林立しているばかりで自分がどちらから来たのかわからなくなってしまった。

(ずっと天幕を背中にして走ってきたはずだから……)

リディは勘をはたらかせて、踵《きびす》を返していったん来た道を戻りはじめる。

（たしかにこっちから来たはずよね……）

そう思って歩をすすめるのだが、どこまで戻っても天幕は見つからないし、どうも記憶にある景色とは微妙に異なっている感じがした。

（もしかして反対に来てしまったのかしら）

リディはにわかに不安になる。来るときには見なかった花が咲いているのが目に入って、ついに彼女の足が止まる。

（わたし、迷ってしまったの……？）

ひやりと肝《きも》が冷える。そんなに歩いてないはずなのに、あたりは新緑の息吹《いぶき》と小鳥のさえずりが響くばかりで人の気配はまるでない。

リディはその場に固まってしまった。歩くとどんどん天幕から遠ざかってしまうような気がして動き出すことができない。

（どうしよう……）

このまま遭難《そうなん》してしまうの？

強まる不安と戦いながら途方に暮れていると、ふいに小動物の動くような気配がして「なーう」と聞きなれた猫の鳴き声が聞こえてきた。

「べべ！」

ふり返ると、足元にべべが来ていた。愛らしい飼い猫の姿を目にして、リディの顔がぱっと明るくなる。

「おまえ、いたのね。さがしたのよ」

彼女はその場に屈みこみ、べべを抱きあげる。

小さなぬくもりを胸に抱くと、ひとりきりの不安がいっとき和《やわ》らいだ。

「天幕に戻りたいの。どっちにあるかわかる？　べべはどこから来たの？」

リディはべべの金色の眼を見ながらたずねるものの、猫に言葉は通じない。ざらついた小さな舌でリディの手を舐《な》めてくれるだけだ。

「困ったわ……」

ずいぶん馬に揺られてきた記憶があるから、天幕自体も狩りの館からもかなり距離がある。

(もし、このままだれにも見つけてもらえずに帰れなくなったら……)

弱気になったリディは底無しの不安に襲われ、ぶるりと身を震わせる。

じっとしていると、静まり返った森に呑《の》みこまれるような錯覚《さっかく》さえおぼえる。

「だれかー……」

リディは近くに人がいないかと声を張りあげてみるけれど、木にとまっていた小鳥がバサバサッと飛びたっただけで返事はない。

気休めにしかならないとわかっているけれど、リディはべべの来た方角にむかってとぼとぼと歩きはじめた。

しばらく行くと、名もない白い小花が咲いている少しひらけた場所に出た。あたらしい景色だ。やはり、天幕からは遠ざかっているのかもしれない。

リディはブナの大木のもとに身を寄せてすわりこんだ。へたに動くとだれかに見つけてもらう機会も逃してしまうような気がしたし、朝から狩場まで馬に乗って長時間揺られてきたためにつかれていた。

叢《くさむら》に咲く小花は清楚《せいそ》な白い六枚花弁で、降りそそぐ木漏れ日にまだらの陰影をつけられて美しかった。その眺めは、リディの不安をいくらか癒《いや》してくれた。

彼女は心細さを紛《まぎ》らわすために、膝の上に抱いたべべのせまいおでこを何度も撫《な》でる。

なにも知らないべべは、撫でてもらって気持ちいいのか眠そうに眼を細くしている。だれもいない森の中では、べべのこの小さなぬくもりだけが頼りだった。

このまま陽が暮れてしまったら自分はどうなるのだろう。獣に襲われたりする恐れもある。

不安ばかりが増して、いてもたってもいられなくなったころ。

木々のむこうから何者かが近づいてくる気配がした。

(なにかが来る……)

リディは身をこわばらせ、べべを抱きしめたまま耳をそばだてる。

けれどじきに、地面を蹴《け》って響いてくるのが馬の蹄《ひづめ》の音だとわかった。だれかがこちらにむかってきている。

希望を感じてリディは立ちあがった。立った拍子に、べべがぱっとリディからはなれて地面に飛び降りる。

ほどなくして、馬に乗った男が姿をあらわした。淡い金色の髪に乗馬服を着た若者だ。それはリディのよく知る人物だった。

「レオ……？」

と思ってつぶやいたものの、胸章に目を凝《こ》らすと綬の色が青だったので、アロイスだとわかった。

「アロイス！」

リディは声をあげる。天の助けだ。相手がレオでもアロイスでもどっちでもよかった。これでもう助かる。みんなのいる天幕に戻ることができるのだ。

「リディ！」

むこうもリディの姿に気づいていたようで、馬を降りてこちらにやってきた。

「こんなところまで来ていたのか。さがしたんだよ、リディ」

やはり天幕からはずいぶん距離があるらしく、アロイスはひどく驚いている。

「よかった。べべを追いかけているうちに迷ってしまって……」

「大丈夫か？」

「ええ。ありがとう」

リディは、自分を見つけてくれたのが親しい相手だったことにほっとして顔をほころばせる。

「アロイスはどうしてここがわかったの？　狩りはおわったの？」

「鹿を仕留めるのに成功したからおれだけひと足先に戻ってきたんだが、きみがいなくなったとシルヴィアから聞いて、すぐにさがしに出たんだ。見つかったのは、たまたまだよ」

ほとんどすれちがいだったのだろう。あのベベに吠えたグレイハウンド犬は、おそらくアロイスとともに戻ってきたのだ。

「ああ、でもほんとうによかった。このまま王宮にも帰れずに死んでしまうことになったらどうしようかと……」

リディは安堵《あんど》のあまり、眦《まなじり》に涙が潤むのを感じた。

「もうおれが一緒だから安心しろ、リディ」

アロイスが、いたわるようにそっとリディのからだを抱きよせてくれる。

リディも人肌が恋しくて、執務室での事件以来、彼に抱いていた警戒を忘れて、無意識のうちに彼の懐《ふところ》に身をゆだねてしまう。包み込むように優しく抱かれれば、彼のぬくもりにほっと人心地がついて、淋しさや不安が徐々に薄れていった。

レオナールとおなじ、ひろくてたくましい胸。ベベも心強い存在ではあったけれど、アロイスのこの包容力とは比べ物にならない。

幼いころ、雪や川べりで足を滑らせたときに助けてもらった記憶がよみがえる。アロイスは慎重なレオナールにくらべて危険をかえりみない性質《たち》なので、相手を助けようと思ったら命だって投げだす勢いで行動にうつしてしまう子だった。小さなリディはそういう彼の勇敢《ゆうかん》なところに惹《ひ》かれたものだ。

今日も、もしアロイスが見つけてくれなかったら自分はどうなっていただろう。王宮の騎士を総動員して狩場を捜索でもしなければ、永遠に森の中でひとりきり、へたしたら獣に襲われて死んでいる。

リディは目をあけた。

孤独の不安が消え去って落ち着いてくると、リディの胸はアロイスの存在を意識して急にざめきはじめる。このまえの執務室でのふるまいまでもが思い出され、にわかにからだが熱くなってくる。あれはレオナールではなく、このアロイスだったのだ。

と、そこへ、なーうとべべの鳴き声が割って入る。

「きみがべべか」

足元に甘えて身をすりよせてくるべべに気づいたアロイスは、リディを解放して、代わりにべべを両手でそっと抱きあげた。

「この髭《ひげ》がかわいいね」

つんつんした白い髭に触れながらアロイスが笑う。

ベベはアロイスのことはまったく怖がらなかった。レオナールとの区別がしっかりとついているようだ。

「もう少しここにいようか？」

抱きあげたベベを自分の右肩に乗せながらアロイスが言う。

「え？」

リディはさらりと言われて目を丸くする。

「だってベベはべつに帰りたくなさそうだ。それに、ここならおれたちの時間をだれにも邪魔されない」

「おれたちの時間……？」

「そう」

頷《うなず》いたアロイスが、嬉しそうにリディの二の腕をつかまえる。

「せっかくふたりきりになれたんだ。ゆっくりしていこうよ」

つかんだ腕をひかれ、ふたたび彼に抱きすくめられてリディは息を呑《の》んだ。

「アロイス……！」

とっさに逃れようと身を捩《よじ》るが、彼の強い力がそれを許さなかった。ベベだけが彼の肩から、とんと叢《くさむら》の上に逃れる。

「今日もきれいだな、きみは。このやわらかくて白い肌に、はやく口づけたくてたまらなかったよ」

アロイスは熱っぽい声で言ってリディの首筋に口づけながら、手袋をはずした手をひろくあいた胸元に這《は》わせてきた。

「やめて、なにするの」

リディはどきりとしてアロイスの手を払いのけようとする。

「今日ははなさないよ、リディ」

アロイスは腰を抱く腕に力を込めて甘く囁《ささや》く。さっきまでの抱擁《ほうよう》とはあきらかに気配の異なる、もっと性的なものを感じさせる抱き方だった。べべがぴったりと身をよせあうふたりを足元から見上げている。

リディの脳裏《のうり》には、執務室でレオナールのふりをしてされたあれこれがまざまざとよみがえった。

「また、こんなことして……いったいどういうつもりなの、アロイス！」

リディはどきどきと焦りながらアロイスを睨《にら》みあげる。

「このまえのことを怒ってるのか？」

アロイスはなんでもないことのように言ってくる。

「当然でしょう！　あなたはわたしを騙《だま》したのよ！」

「きみが気づかないままだったからつい調子に乗ってしまったんだ。ごめんね」

びっくりするほどに素直に謝られて、リディは面食らう。ごめんねなんて、素直に謝るような男ではないと思っていた。アロイスにはそういう姿が似合わない。そもそも謝ってすむことでもない。

「焦らなくてもレオたちはまだ狩りの最中だし、こんなところまではだれも来ないよ」

アロイスは勝手に話をすすめ、リディの耳朶《じだ》にちゅっと軽く口づける。

「そういう問題ではないのよ」

リディはくすぐったくて首をすくめる。

「じゃあどういう問題なんだよ」

アロイスは腕の中のリディを愛《いと》しげに見つめながら訊いてくる。自分を抱いてとても満足そうな顔をしているから、こちらは調子がくるってしまう。まるでお気に入りのおもちゃでも眺めている子供のような感じだ。

「わ、わたしはレオナールと結婚するの」

リディは顔をそむけ、わざとつきはなすように言う。

「そう。それが？」

「ほかの男の人と抱きあったりキスをしてもいい立場ではないわ」

「安心しろ、ここにはだれもいない。べべしか見てないよ」

囁《ささや》かれてリディは、足元にいるべべのほうに目をうつす。

べべは気まぐれに手を舐《な》めて顔をぬぐったりしながら、仲間を見守るような目でこちらを見ている。屋敷にいるときとおなじくつろいだようすで。

危険を察知すれば毛を逆立てたりするのに。動物的な本能で、べべの目にはアロイスと自分が仲よくじゃれあっているようにしか映らないのだ。リディは身も心もこんなにも乱されているというのに。

「おれを見て、リディ」

アロイスは優しい声で命じてくる。リディは言われるままにアロイスのほうにむきなおる。

アロイスはじっとこちらを見つめている。相手を口説《くど》くことになんの遠慮《えんりょ》もためらいもない、すがすがしいほどにまっすぐなまなざし。邪気というものがまったく感じられない。不謹慎《ふきんしん》な発言ばかりをするのに、どうしてこんな清廉《せいれん》な印象が保てるのだろう。

アロイスが口づけをしようと顔をよせてくる。

リディはわずかに横をむき、それをかわす。

アロイスがこんなにも自然に自分に対して求愛行為をはたらけるのは、これが遊びだからだ。

彼は幼い頃とおなじように、自分を困らせて楽しんでいる。髪のリボンをほどいてしまったり、とつぜんうしろから目隠しをしたり、そんないたずらばかりしていた昔みたいに。

でなければ、レオナールのためにこんなふるまいはとてもできないはずだ。

「こんなの……いけないことよ、アロイス」

たとえ遊びでも。リディは良心の呵責《かしゃく》に耐えかねて苦々しい声でつぶやく。

「おれのことを愛しているくせに？」

アロイスは彼女の顎《あご》をつかんで自分のほうをむかせる。

「わたしが愛しているのはレオナールよ。あなたじゃないわ、アロイス」

リディは彼を意識しまいとして瞳を閉ざし、苦しげに声を絞《しぼ》りだす。なぜこんなふうに胸が苦しくなるのか、リディは自分でもわからない。

「そんな、まるで自分に言い聞かせるみたいにつらそうな顔で言われたって納得できないな」

そう言ってアロイスは強引に彼女の唇を塞《ふさ》ぐ。

やめてと言おうとしたところに、すかさず彼の熱い舌がすべり込んでくる。言いわけなど必要ないとばかりに。

けれどリディが怖気《おじけ》づいて突き放すのを知っていて、アロイスはじきに唇がかさなりあうだけの優しい口づけに切りかえてしまう。

頬にあった片方の手を髪にすべらせ、もう一方は腰にまわして。

愛しあっている恋人同士が戯《たわむ》れでするような甘くてまろやかな口づけに、ほんの数拍のあいだ、リディは抗《あらが》うのを忘れてしまった。悔しいけれど、アロイスの口づけは心地よくて、どうしても惹き込まれて酔わされてしまう。そのうち、深いものがしたくなるほどに。

それから彼女ははっと我に返って、彼の胸を押してはなれた。

（わたし……、またこんなこと……）

ひどい自責の念にかられて、リディは思わず手で唇を拭《ぬぐ》う。こんなひと気のない場所でアロイスの言いなりになんかなっている場合ではないのに。

「はじめの夜より、キスがうまくなったな、リディ」

アロイスが含みのある笑みをうかべて言う。

「はじめの夜？　わたしはあなたと夜を過ごしたことなんか……」

眉をひそめたリディは、言いかけてはたと口をつぐむ。まさか。

ある可能性に気づかされ、彼女は青ざめた。

はじめの夜というのは、もしかして――。

「やっと気づいてくれた？　おそいよ、リディ」

アロイスはリディの動揺《どうよう》を見てうっすらと笑う。

「まさか……、あの夜たずねて来たのも……」

数日前にレオナールがとつぜん家にやってきた。水曜の朝の散歩のときに貸したハンカチをわざわざ返しに来てくれたのだ。あの夜、彼はとても積極的だった。まるで、いまのアロイスみたいに――。

「あれはおれだよ。レオナールじゃない」

リディからさあっと血の気がひいてゆく。

「わたし……まちがえてしまったの……？」

「そうだよ。きみはまちがえた。ナイトドレスを脱がし、きみのからだをこんなふうに好き放題に愛撫《あいぶ》したのはこのおれだ」

アロイスは衝撃のあまり茫然《ぼうぜん》としているリディの腰を抱きよせ、臀部《でんぶ》や胸元に手を這わせながらおもしろそうに告げる。

「そんな……」

あれはレオナールではなく、アロイスだった――だから三年ぶりに再会したはずの晩餐会でも、ひさしぶりに会った気がしなかったのだ。すでにあの夜、会っていたから。

それに自分のことをリディと愛称で呼んだ。ふだんのレオナールならぜったいにリディアーヌとしか呼ばないのに。

執務室だけでなくあの夜も、自分に手を出したのはアロイスだったからなのだ。

「帰国してすぐにわたしに会いに来たの？　レオとおなじ髪型にして？」

「そう。レオがきみに贈ったはずのハンカチを彼の部屋でみつけたから、届けてあげようと思ってね」

「レオはそれを知っていて……？」

「ハンカチは従僕にもたせてカスタニエ侯爵邸へ走らせたと言っておいた」

あの日会ったことも、レオナールには秘密なのだ。

「あいかわらず鈍感でかわいいな、リディ」

アロイスは愕然《がくぜん》とするリディの耳元に舐めるような口づけを与え、わざと卑猥《ひわい》な音を立ててやわらかな耳朶《じだ》を吸いたてる。このやり方、まさにあの夜、自分をその気にさせてしまった口づけとおなじではないか。

そういえば、あの夜はどういうわけかべべも嫌がらなかった。

「アロイス……どうして……」

リディはわなわなと震える。

「どうしてだって？　理由なんてひとつだ。きみが好きだからだよ。おれは、レオのふりしてでもきみと愛しあいたかったんだ」

言っている内容は情熱的だが、表情はそれほどでもない。役者が芝居を演じているみたいだ。この告白は、自分を手懐《てなず》けるための嘘なのだ。それくらいは恋愛経験のない自分にもわかる。

（アロイスがわたしを愛しているなんて、真っ赤な嘘！）

リディはそのことになぜかひどく傷つきながら、その感情を隠すためにつとめて冷ややかに返す。

「そんなこと言われても困るわ」

「困ってるきみがかわいいよ、リディ」

彼はそれきり口を引き結んでしまった彼女の頬をすくって、ふたたび唇を塞《ふさ》ぎにかかる。

「やめて」

リディはとっさに横をむいて拒《こば》む。彼からも、彼がこのからだに覚えさせた官能の記憶からも逃れたくて。

「深いキスは嫌いか？　じゃあ、軽くするだけにしよう」

アロイスはもう一度、言葉どおりに唇が触れるだけの簡単な口づけをしてくる。

けれど、軽いのははじめの数秒だけだった。唇が触れあったとたんに彼の気は変わった。

「だめだな。やっぱりもの足りない。舌を入れさせて」

そう言うと、ふたたび口づけ、無理やり舌で唇をこじあけて勝手にリディの中に侵入してくる。抑えきれぬ欲望をぶつけるかのように。

「……うう……」

リディは親密な口づけを強《し》いてくるアロイスから逃れようとするが、彼の強い力がそれを許さない。

「……ん……っ……う……」

自分を束縛《そくばく》する腕や顎をつかんでいる手の力とはうらはらに、舌や唇は愛《め》でるように優しくリディのそれを吸いたててくる。

（ああ……）

リディは不覚にも下腹部に甘い痺《しび》れが響くのを感じた。アロイスからはなれなければならないと思うのに、やっぱりそれに惹《ひ》かれてからだがいうことをきかなくなってしまう。

(アロイス……)

リディの心が嘆《なげ》く。どうしてなの。この口づけが、する価値のあるものだと思わされてしまう。胸がどきどきしてときめいてしまう。息をすることさえも忘れて。

この男には、自分を魅了するどうしようもない力がそなわっているのだ。

(好きだから……?)

その事実に気づきはじめたリディは、あわててそれを頭から締め出そうとする。そんなわけない。そんなことあってはならない。どのみちアロイスが仕掛けてくる執拗《しつよう》で濃厚な口づけに酔わされて、思考はまともに働かなくなってゆく。

「……っ……ふ……」

アロイスがリディを求めて角度をかえるたびに、唇のすきまからふたりの熱い吐息がこぼれる。からだは芯を疼《うず》かせる甘いもので満たされてゆき、そのまま蕩《とろ》けてしまいそうになる。

「できるんじゃないか、リディ。ついでにこのままセックスもしてみる?」

ようやく解放してくれたと思ったら、今度は誘うように掌《てのひら》を背中に這わせながらそんなことを囁《ささや》いてくる。

「なにを言っているの、アロイス! わたしはあなたとなんか……!」

リディの顔がかーっと赤く染まる。おまけにここは狩場ではないか。

「おれはすごくしたいよ」

アロイスは怯《ひる》むことなくこめかみに唇を押しあてながら、欲情もあらわな艶《つや》めいた声で大胆に告げてくる。

「冗談はやめて！」

リディはアロイスを突きはなして逃れようと背をむけるが、アロイスはすかさず彼女の腕をとらえ、そのまま彼女のからだを大木の幹に押しやる。

「あ」

リディは幹に両手をつくかたちになって、さらにうしろからアロイスに抱きすくめられてしまう。胴回りに彼のたくましい腕がからみついて、もう身動きがとれない。

「レオにはあの夜のことも内緒にしておくから」

アロイスは耳元にそっと囁き落とす。

リディはぎくりとして身をこわばらせる。そのひとことが、逆に自分を脅《おど》しているのだとわかった。つまり、ここで逆らえば、あの夜のこともレオに話してしまうのだと。そう言っているのだ。

「もし僕らの仲を知ったら、まじめ一徹のレオナールは逆上しておれたちを刺しに来るかもしれないね」

アロイスは喉《のど》の奥で笑いながら、背後からのばした手でゆっくりと乳房への愛撫をくりかえす。

　リディは焦りにかられてごくりと唾《つば》を飲む。あの夜と、執務室と、騙《だま》されていたとはいえ、もう二度もアロイスと親密なことをしている。もしレオナールが知ったら――。

　怖くてその先を考えることができない。

「や……」

　アロイスの手はすでに、背後からリディの胸元を愛撫しはじめている。なめらかで、性感を少しずつ呼び覚ますような悩ましい手つきだ。意思に反して、リディのからだは芯から徐々に火照《ほて》りだしてしまう。

「……ん……っ……」

　アロイスは、リディが脅されて抗《あらが》えないでいるのをいいことに、うしろから乳房を大胆《だいたん》に揉《も》みあげてくる。

　コルセット越しに感じる彼の手つきは淫《みだ》らで貪欲《どんよく》だ。リディのためらいを奪い去るみたいに。だめだと思うのに、うしろに迫ったアロイスを意識してなぜか胸はいっぱいになってしまい、からだの力が抜けて大木にそのまま寄りかかりたくなる。

「リディのからだはあいかわらず感度がいいね」

　アロイスは背後から手を伸ばし、ドレスの裾《すそ》とペチコートをまとめて捲《めく》りあげながら愉《たの》しそうに言う。

リディのすらりとした白い足は木漏れ日《こもびもれ》のもとに晒《さら》されてしまう。

「な、なにするの」

リディは焦って肩越しに彼をふり返るが、間近に迫った鋭利で艶《つや》めいたまなざしに抗う意思はからめとられてしまう。その、憎らしいほどに美しいアイスブルーの双眸《そうぼう》に。

「感じてるきみのかわいい顔が見たいな。ここ、さわらせて」

アロイスは色っぽい声でねだりながら、リディの内腿に片手を這わせてくる。

「い、いやよ、やめて」

リディは顔を赤らめながら、下肢《かし》の付け根にむかって這いのぼる彼の手を払おうとする。

「おれは本気だよ、リディ？」

アロイスは甘い声で囁きながら、抗うリディの両腕を片方の手でまとめて押さえつけてしまうと、内腿に這わせたほうの手でそのまま秘所をまさぐりはじめる。

彼の手はじきに花芯の位置をさぐりあてた。

「あ……」

敏感になりはじめたそこを、彼の指先がドロワーズ越しに何度も撫《な》でる。

心地よい痺れが内腿にひろがり、下腹部の奥に焦れるような熱がこもりはじめる。

「ん……はぁ……はぁ……っ、あ……んっ……」

リディは吐息が熱くなり、みずからの秘めた欲望がじわじわと首をもたげるのを感じて追いつめられる。

「ねえ、リディ。そんなに甘く喘《あえ》いで、ほんとうはきみは、おれとこのまえの続きをしたくて狩りに同行したんじゃないのか？」

リディの変化を見抜いたアロイスが、にやりと意地の悪い笑みをはいてうしろから煽りたててくる。

「ち……ちがうに決まっているわ……勝手な解釈……しないで」

リディは花芯への愛撫に気をとられながら、掠《かす》れた声でようようと返す。

「もう濡らしているくせに？」

言われてリディはどきりとする。

「ぬ、濡らしてなんか……な……」

その先は、声が小さくなってしまう。わかる。下肢の付け根はいま、あきらかにふだんとは異なる状態になっている。

「じゃあここをじかにさわらせて？　こうしてたしかめるときにはもう、きみはたいていおれを感じてどうしようもなくなっているんだよね」

アロイスには、もうからだのことを知りつくされている。それを思うと恥ずかしくて、甘美な愛撫に支配されはじめたリディはますますうろたえる。

「いいんだよ、リディ。感じやすいからだなのは、相手にとってもすごくいいことなんだから」

アロイスは笑みを深め、そのままドロワーズの中に手をしのばせてくる。

「や、だめ……っ」

リディは両脚をすりあわせるようにして身をよじるが、彼の強引な手をとめることはできなかった。

アロイスは彼女のやわらかな茂みをかきわけ、その奥に焦れて息づいている花芯や花びらを容赦《ようしゃ》なくまさぐる。

「ああ、もうこんなに濡らして。嘘つきなリディ。しっかり感じていたんじゃないか」

アロイスの指はじきにぬるついた愛液にまみれてしまった。そしてその指がさらなるリディの欲望を暴くのに時間はかからなかった。

「は……ん……、やめて……」

はしたなく潤んでいるその場所をゆるくこすられ、眠っている快感を呼び覚まされて、リディは思わず腰を悩ましげにゆらしてしまう。

しだいに膝が力を失いはじめ、リディは大樹の幹にすがるように両手をついて喘ぐ。

「薔薇《ばら》色の頬が色っぽいな、リディ。いいよ、そのままおれを感じて。きみの淫らな顔を見せてよ」

アロイスは羞恥《しゅうち》に頬を染めるリディの耳朶《じだ》にうしろから口づけ、悦《えつ》に入《い》った声でねだる。

「あぁ……アロイス……どうしてこんなことするの？　……あの夜だって……」

リディは誘惑されてしまう自分を叱咤《しった》しながら、責めるように彼を問いつめる。

「あの夜はきみがそうさせたんじゃないか。夜のきみは闇に咲く白薔薇のように美しい。甘い香りをただよわせて初々《ういうい》しく咲き乱れる姿を見たら、おれは節操《せっそう》を知らない獣《けだもの》になるしかなくなる。この今も――」

妖《あや》しげにほほえみながらアロイスは返す。なにもかも攫《さら》って喰らいつくしてしまいそうな危険で色めいた美貌《びぼう》。そうだ、なぜ気づかなかったのだろう。レオナールなら決して自分にこんな表情は見せない。

「お……お行儀《ぎょうぎ》の悪い獣の……相手はしたくないわ」

リディはアロイスを肩越しに見据え、精一杯辛辣《しんらつ》に返した。

「してよ。もっとここを気持ちよくさせてあげるから」

「ん……っ……」

濡れた指先に花芯と花びらをこねまわされながら囁《ささや》かれると、下肢が甘くわななないてリディはそれ以上なにも言えなくなった。

「ほら、この中におれの指を挿《い》れてほしくない？　それとももっと太いやつのほうがいいか？」

アロイスは秘裂《ひれつ》に指を突きたてると、耳元で誘いかけるように訊いてくる。

リディのそこはあきらかに彼の愛撫をまっていた。そしてアロイスは、もちろんそのことをわかっていて、焦らしながら攻めてくる。

「続きは横になってしようか。感じてるきみの色っぽくてかわいい顔をもっとよく見たい」

アロイスはそう言ってリディのからだを指戯《しぎ》から解放し、彼女を軽々と抱きあげてしまうと、樹の下の平らな叢《くさむら》の上に運ぶ。

こわれものを扱うように優しくてなめらかな所作《しょさ》だ。快感にとらわれて骨抜きにされてしまった彼女は、ついにアロイスのなすがままに花の褥《しとね》に組み敷かれてしまう。

やわらかな草花の上に、リディの髪と清涼な水色のドレスがふわりと波をうってひろがる。

彼女は、若草の匂《にお》いと、甘やかな花の香りと、さきほどまで与えられていた快感の残滓《ざんし》に酔ってぼうっとしていた。

頬を薔薇色に染め、うっとりと瞳を潤ませている姿は、まるで彼女そのものが艶《あで》やかにひらいた花のようだ。アロイスがそれを散らすために顔をよせる。

「やめて、アロイス」

リディは、のしかかってくるアロイスの気配にはっと我に返り、その広い胸を押しとどめる。

しかしアロイスはふっと涼やかな笑みをうかべて言った。

「いいの？　きみの部屋やレオの執務室で、きみとおれがなにをしていたのか、ぜんぶ彼に話してしまうよ？」

リディははっと息を呑《の》む。

「あたたかくて淫《みだ》らなきみのあそこのことを、レオに話してもいいのか？　濡れた芯をさわられるたびにあげるあの甘い声のことも？」

「そ、それは……、だめ……」

そんなことをされたら、レオナールを怒らせることになる。そして失望されてしまう。

「いい子だ、リディ。これできみはレオの前ではなにも知らない処女でいられる」

アロイスは満ちたりた笑みをうかべる。

「わたしは……彼を裏切りたくない」

リディは激しい動悸《どうき》のために、胸を大きく上下させながら返す。

「自分自身を裏切ることになるのに？」

「どういう意味？」

「言ったとおりの意味だよ。きみはもっと自分のからだと気持ちに正直に生きたほうがいい」

アロイスは、リディが惹《ひ》かれているのが自分だと言いたいのだ。

「勝手な解釈ばかりしないで！　わたしはあなたのことなんて……」

「おれのことなんて？」

アロイスは、言い淀《よど》むリディのこめかみのそばの髪を優しく梳《す》きながら先を促す。

嫌いだと返すつもりだったのに、優しさと艶やかさの混在した美しいアイスブルーの瞳に魅了されて、リディは言葉を見失う。わたしはアロイスのことを――。

「好き？」

揚《あ》げ足《あし》をとるアロイスの面《おもて》は余裕に満ちている。見抜かれている。なにもかも。こんなにも自分を困らせる男なのに、どうしても惹《ひ》きつけられてしまうことも。

口づけが甘いと感じられるようになったのは、相手がアロイスだったからだ。

「き……、嫌いよ。大嫌い！」

リディはアロイスから顔をそむけて思いきり突っぱねる。

こんなことをしてくるアロイスなんて大嫌い。リディは目を閉ざしたまま、アロイスが認めさせようとしている事実から逃れたくて、自分にきつくそう言い聞かせる。

「きみはおれを夢中にさせるのがうまいな、リディ。そんなこと言われたら、よけいに奪いたくなる」

アロイスは愉悦《ゆえつ》を滲《にじ》ませた低い声で囁きながら、そっぽをむいたリディの頬にちゅっと口づける。

「あ」

そのまま彼女のドレスとペチコートをまとめて捲りあげると、ドロワーズをとり払った彼女の内腿《うちもも》を手でなぞりあげて愛撫しだす。

さらに、抗おうとする彼女の脚をひらかせ、震える内腿に口づけを落とす。

素肌に彼の熱い唇を感じて、リディはぴくりと反応する。

「ん…………」

彼はそのまま彼女の内腿にしっとりと舌を這《は》わせ、気まぐれに吸いたてて白皙《はくせき》の肌に桜色の口づけの痕を残してゆく。決して他人に見られることのないその場所に。

「あ……んっ」

くすぐったいような痛みを与えられて、リディの薄桃色の唇からは思わず甘い声が洩《も》れる。

「舐《な》めて欲しいのはここなんだろう？」

そう言ってアロイスが、すでに濡れそぼっている蜜口《みつくち》につっと中指をつきたてる。

そのまま挿入されるのかと思えばそうでもなくて、焦らされたリディの内腿がもの欲しげにひくひくと震える。

「う……………」

リディはそれ以上の刺激を与えてもらえないもどかしさに瞳を潤ませる。

「欲しい？　でもまだあげないよ。おれがきみをたくさん味わってからだ」

その入るか入らないかの位置に指先をとどめたまま、アロイスは下肢の付け根に顔をうずめ、彼女の濡れた花芯に舌を這わせはじめる。

「んぁ……っ」

甘い衝撃に、リディはビクリと背をのけぞらせる。熱をおびた彼の舌に、敏感になった花芯を愛《め》でるように舐めあげられると、えもいわれぬ快感が下腹部にひろがった。

「はぁ……ぁ……んっ……」

くりかえし与えられるまろやかな刺激に花芯が硬く勃《た》ちあがる。秘裂《ひれつ》がますます疼《うず》いて、そこが熱く潤んでくるのが自分でわかった。リディの中のどこかはっきりわからない深いところが、アロイスの愛撫《あいぶ》を求めてじりじりと疼くのだ。

「こんなに濡らして、リディはもうおれをまちきれないんだな」

アロイスは言いながら、それまでおあずけを食わせて焦らしておいた彼女の蜜口にするりと中指をくぐりこませる。

「あ……んっ」

わずかな抵抗をともなって、彼の指が侵入してきた。気持ちのよい刺激欲しさに、媚壁《びへき》が彼をひきとめるようにうごめく。

アロイスは蜜口に差し入れた指を動かし、指の腹でゆっくりとリディの中を愛撫する。彼女の不安や焦りをすべて快感に変えてしまうために。

「あ、あん……」

リディは弱々しい声を洩《も》らす。すでにからだに刻まれてしまった官能の記憶が一気によみがえり、下肢の奥が火がついたように熱くなる。

「……だめ……」

「気持ちよすぎて？」

「ち、ちが……、やめて、アロイス……っ」

リディの頬がいっそう赤く染まる。

「ああ、すごく締まってるよ、リディ。正直に言ってしまえよ、もっと熱くて太いものをここに挿れて欲しいって」

アロイスはまた言葉で攻めてくる。彼がなにを目的にしているのかがおぼろげにわかる。

「いや……、そんなの……ほ……欲しくなんか……な……」

しかし、抗う意思とは無関係に、からだは彼が与えてくれる刺激をまってうち震えている。

「二本に増やしてぐちゃぐちゃにしてあげるよ。……ほら、指の数を増やすと、もっと気持ちよくなれる」

アロイスは人差し指も彼女の中に沈め、二本の指で媚壁を貪欲《どんよく》にかきまわす。

「ん……っ……あぁ……っ……あぁ……」

彼女の欲望を優しく抉《えぐ》りとるような指の動きと、それにねっとりとからみついた愛液に性感をかりたてられて、リディは下肢の血が沸騰《ふっとう》するような錯覚《さっかく》にみまわれる。

「ここも舐《な》めさせて？」

アロイスは言いながら、留守になっていた花芯をふたたび舌先でなぞる。

「んっ……、あ……ふ……、あん……っ、あっ……それ……は、だめっ……ああ……っ……」

執務室のときとおなじだ。同時に二か所を攻められて、リディはどうしていいかわからなくなる。甘い痺《しび》れは爪先《つまさき》にまで響き、強い快感が脳天にぬけてゆく。

「ああ、ますます濡れてきたよ、リディ。きみのここはいやらしい蜜でいっぱいだな」

アロイスは秘裂に差し挿れた指の付け根にまで舌を這《は》わせながら、いじわるな笑みをはいて告げる。それから、硬くたちあがった花芯を押さえつけるように舐めしゃぶり、指で性感帯を刺激しながら彼女の内奥を大胆《だいたん》にかきまわす。

「あ、ん、あ……ぁ……、もう……舐めな……い、で……っ……」

波のように押しよせる快感に、リディは背をのけぞらせて喘《あえ》ぐ。息さえするのも忘れて溺《おぼ》れそうになってしまう。

若草の上にひろがった栗色の髪は乱れ、ドレスを剝《む》かれた下肢は木漏《こも》れ日《び》のもとに晒《さら》されている。こんな場所で、こんな痴態《ちたい》を晒《さら》しながら空を仰《あお》いでいる自分が信じられない。おまけに自分を組み敷いている相手はレオナールではなく、アロイスだ。

「あぁ……んっ……、んっ……やめ……て……、アロ……イス……」

罪の意識と、濃い花の香りと、押しよせる快感に混乱してめまいがしてくる。

「いいよ。きみがおれを欲しいと言ってくれたらやめてあげる」

アロイスは羞恥《しゅうち》と快感に顔を覆《おお》うリディを下から見上げ、優しく釘を刺す。

「ほ、欲しく……なんか……、あ……ん……」

さらに花芯を口に含まれ、彼の唇でまろやかに吸いたてられて、リディの口からは言葉とは裏腹にかぼそいよがり声が洩れる。

「ああ、その潤んだ瞳がたまらないな。舌を出して、リディ」

アロイスが、舌攻めをやめて顔をよせてくる。

間近に彼の艶めいた美貌《びぼう》が迫り、リディはどきりとする。

「キスをしようよ。さっきみたいな舌をからめた深いやつがしたい」

アロイスは欲情もあらわな遠慮《えんりょ》のないまなざしで口づけを誘ってくる。

「い、いや……」

彼の濡れた官能的な唇にリディは怖気《おじけ》づく。だめ。アロイスとキスをすると、それに魅了されてもうあとにはひきかえせなくなる。

けれど、アロイスはもちろん相手にはしてくれない。秘所を弄《もてあそ》ぶ指はそのままに、嚙《か》みつくような強引な口づけを見舞って大胆《だいたん》に舌をからませてくる。

「ん……っ」

息の洩《も》れる隙間《すきま》もない、呼気すら奪うような深い口づけだ。

リディは苦しくて、空気を求めて顔をそむけようとする。

「まだだよ。もっと続けさせて」

アロイスは逃れようとするリディの顎《あご》をふたたびとらえなおして、容赦《ようしゃ》なく唇を塞《ふさ》ぐ。唇を

吸いたて、舌を弄《いじ》り、熱い吐息をからめてくる。彼女のすべてを味わいつくし、かわりに自分の感覚を刻みつけるかのように深く激しく。

リディは溶けあう呼気に息苦しさをおぼえながらも、彼が曝《さら》けだす愛欲に惑わされてそれに流されてしまう。

「ん……うう……」

彼の貪欲《どんよく》な舌がリディの中をまさぐり、熱くて甘い官能の記憶を呼び覚ます。

拒《こば》みきれない、どうしても。運命がそうさせているみたいに。アロイスの欲望が自分の欲望にからみついて足枷《あしかせ》となり、逃れることができないのだ。

彼の情熱的な口づけと淫《みだ》らな指遣いによって、リディのからだはますます熱くなり、残っている理性はどんどん駆逐《くちく》されてゆく。

「ああ、ほんとうによく濡れてるな。嫌だと嘘を言っているのはこっちのかわいい唇だけか」

しだいにアロイスが色めきを増し、攻撃的になってくる。

「う、嘘なんかじゃな……」

「下はこんなに感じて濡らしてるくせに、上の口は嘘ばっかりついてだめだな、リディ。おれのアレをこっちに突っ込んで黙らせてしまおうか?」

「だめ……やめて……」

下肢からこみあげる快感に翻弄《ほんろう》されながら、リディはかろうじてかぶりをふる。

「このかわいい口で、レオのものはもうしゃぶってやった？」

言いながら、アロイスはあいたほうの手でリディの桜色の唇の割れ目をなぞる。

「し、知らない……」

口腔《こうこう》を指先に蹂躙《じゅうりん》されかけて、リディは逃れるように横をむく。レオナールのものを口にするなんて。その信じられない発言に動揺《どうよう》して、胸の鼓動はいっそう早くなる。

「まだしてないのか。じゃあ、おれので練習させてあげようか？」

いじわるな笑みをはいて囁《ささや》かれれば、彼女の頰は羞恥《しゅうち》のためにますます赤く染まる。

「や……め……て……」

リディは下肢にもたらされる甘い刺激に酔いはじめながらも、ふわふわとした頭の隅で嘆《なげ》く。好きだからなんて、やっぱり嘘だ。ほんとうに好きだったら、ぜったいにこんな目にあわせたりはしないもの。

「は……ぁ……ん……」

けれどそういう思いも、花芯を巻き込んでくりだされる彼の巧《たく》みな指戯に惑わされてしだいに霧散してゆく。

「指じゃなくて、おれのをここに挿れていい？　おれもはやくリディの中で一緒に気持ちよくなりたい」

アロイスは、熱く潤んだリディの性感帯を中指で思わせぶりにこすりたてながらねだる。

「あ……ン……、わたしは……、あなたと……気持ちよくなんて……ならな……っ……」

快感に翻弄されるリディの息はあがり、声は甘く掠《かす》れる。

「そうやって強がってないとレオナールを忘れておれに感じてしまうんだろう、ほら、きみのここはおれの指をすごく締めつけてくる」

アロイスはわざと媚壁のうねりを誘うように、指先をぐるりと大きく動かして言う。

「んっ……、だめ、指……動かしちゃ……。き、嫌いよ……っ、……アロイスなんか……」

リディは快感に惑乱したまま、勢いにまかせてついにアロイスをなじる。

「嫌いだって？　じゃあなんで濡れているんだ。いやらしいリディは男にさわられるといつでもこんなふうに感じてしまうの？」

アロイスは内奥をクチュクチュとかきまわしながら煽《あお》りたててくる。

「そ、そんなこと……」

リディは泣きだしそうな弱々しい声で返す。そもそもほかの男の人にこんなことされたことなどない。それは考えられないし考えたくもない。

「だったらおれをレオだと思って抱かれればいい。いままでどおりに」

アロイスは口の端をあげて言う。

リディははたと彼を見る。レオナールと思えばいいですって？

「なにを……言ってるの、アロイス……」

熱くなったからだをもてあましながら、リディはその不敵なせりふに激しく動揺《どうよう》する。

「アロイスじゃない。おれはレオナールだ」

アロイスは腹を読ませない蠱惑《こわく》的な笑みをうかべて言い聞かせてくる。

「ほら、そのかわいい唇でおれを呼んでごらん、レオって」

憎らしいほどに優しい声音《こわね》。

「よ、……呼べる……わけが……ない……わ……。あなたは……、アロイス……なのに……っ」

下肢をアロイスの好き放題に弄られながら、リディはやっとの思いで返す。

「言いなよ。わたしの中にあなたのを挿れて、わたしをめちゃくちゃにしてレオナール様って」

アロイスは左手で花芯を押し転がしながら、ことさらに甘い声で命じてくる。

「あ、あん……、い、いじわる……しないで……」

リディは瞳を潤ませ、熱い息を吐きながら懇願《こんがん》する。

彼女の脳裏《のうり》に、幼いころの記憶がよみがえる。思い出した。いつも、いじわるをして自分を泣かせたのは決まってアロイスのほうだった。いじめっ子のアロイス、でも、なぜかリディはレオナールではなく、アロイスのほうに追いかけられたかった。彼のお気に入りでいたかったのだ。

「かわいいよ、リディ。かわいすぎて、苛めたくなる」

アロイスはリディを翻弄《ほんろう》する指戯はそのままに、うっとりした笑みを浮かべながら囁《ささや》く。

ひどい男。やっぱりリディが困って悶《もだ》えるのを愉《たの》しんでいる。その姿こそが愛《いと》しいというように。リディは遊び道具にされている。嫌いな相手だからこんなことができるのだ。

「そのまま沢山感じて。きみがいくところを見せて」

「あぁ、あっ……んっ、いや……っ……」

こんな甘くて残酷《ざんこく》な行為、もう耐えられない。いっそレオナールがアロイスのふりをしているならよかったのに。それならこの行為は罪にもならず、素直に身をまかせることができたのに——。

「はぁ、はぁ……っ、ん、んぁ……、だ……め……っ、アロイ……ス、やめ、て……ンンっ」

ふたたび花芯を口に含まれ、ぴちゃぴちゃと淫らに吸いたてられて、リディの口からは甘い吐息がとめどなく洩れる。愛液まみれの彼の指と唇が与えてくれる底なしの快感に、リディは下肢をわななかせ、ただ眉《まゆ》を絞《しぼ》って喘《あえ》ぐ。

霞《かすみ》のかかったような意識のまま、うっすらと目をあけると、一頭の白い蝶《ちょう》がひらひらと飛んでくるのが視界に入った。

リディはあの蝶になりたかった。蝶になって甘美な責め苦を強《し》いるアロイスのもとから、そしてそれに反応してよがってしまう自分のからだから逃れたかった。

視界から蝶が消えてしまうころになると、彼女は自分のからだになにかが起きようとしているのを感じた。

（ああ……なに……？）

鼓動が高まり、強い快感の波が何度も押しよせてくる。意思に反して、秘所の内奥がアロイスからのさらなる愛撫《あいぶ》を求めてうねる。

「はぁ……はぁ……、んっ……、はぁ……」

リディは引き返すこともできずに、なにもかも忘れて、ただアロイスが与えてくる淫らな指戯と舌戯《ぜつぎ》に身をゆだねて喘ぐだけだ。

やがて蓄積した快感が下肢の奥底からいっきに溢れるのを感じ、頭が真っ白になって、からだじゅうのすべての感覚がただそこ一点にもっていかれてしまう。

「……あ……っ、ああ……――」

内奥が意思とは無関係にビクビクとひきつり、濃い快感が何度も弾けて脳天に抜けてゆく。

「達してしまったんだな、リディ？」

愛撫の手をとめたアロイスが、愛しげにリディを見つめながら問う。

彼のせりふの意味も分からないまま、リディはこわばらせたからだから一気に力が抜け、心地よい収縮がおさまってゆくのを感じる。

（なあに、これは……）

リディは内奥に響く快感の残滓《ざんし》を味わいながら、はぁはぁと肩で息をする。はじめての感覚に戸惑いながらも、そのアロイスが与えてくれた気持ちよさに酔ってそのまま眠ってしまいたくなる。

それから彼の指がするりと蜜口《みつくち》から引き抜かれて、リディは息を呑《の》んだ。そこはものすごく敏感になっていた。

秘所の甘いひきつれが完全におさまるころには、下肢全体にその余韻《よいん》がゆっくりと広がって頭がぼうっとなる。

甘い花の香りと、まだらに降りそそぐ木漏《こも》れ日《び》が心地よくて、リディはそのまま虚空をぼんやりと見つめる。

「きみも愛する相手との情事を楽しめるからだになったんだ。……ああ、その火照《ほて》った顔が色っぽくてすごくきれいだよ。ずっときみをこうして抱いていたい」

(愛する相手……？)

アロイスは快感の極致をおぼえたリディのからだを抱き、褒美《ほうび》でも与えるかのようにその桃色に濡れた唇に軽く口づけてくる。

「ん………」

それから凪《な》いだ湖面のように美しい碧眼《へきがん》に間近で優しく見つめられて、リディはうっとりと幸福な気持ちになってしまう。さんざん苛められたあとに、しおらしくあやまられ、手をつながれたときみたいに。

「おれにしときなよ、リディ。レオがきみをこんなふうにいかせてくれるかどうかなんてわからないだろう?」

アロイスは、リディの心が寄りそいはじめたのを見抜いて、低くやわらかな声で言う。

おれにしときな……?

そうだ。もしはじめからアロイスが王太子だったら、どうなっていたのだろう。少なくとも、この行為は罪にならないのではないかしら?――リディはそんな不謹慎《ふきんしん》なことを考えはじめている自分に気づいて、あわてて「だめだ」と我に返る。

と、そのとき。

背後の林道からなにかが近づいてくる気配がした。

「だれか来るみたいだ」

いち早く気づいたアロイスがリディの上から退いて、乱れてしまった彼女のドロワーズやペチコートを手早くもとに戻してドレスで隠してくれる。

聞こえてくるのは馬の蹄《ひづめ》の音だった。

アロイスが半身を起こした彼女の肩を庇《かば》うように抱いて、足音の近づいてくるほうに注意していると、ほどなくしてそこにふたりほどの若者があらわれた。

「アロイス王子……?」

ふたりは狩りに随行《ずいこう》した王の従者だった。叢《くさむら》の上にすわり込んでいるリディとアロイスを発見して驚いている。

「王子、どうされましたか」

「御無事でしたか、リディアーヌ様」

馬をとめてそばにやってきた従者たちが口々に問う。もちろん彼らは胸章でたしかめてからしかアロイスの名を口にすることができない。

「無事だ。猫をさがして少し迷っただけだよ、ほら」

アロイスが首根をつまんだ寝起きのべべを従者の前に突き出すと、なーう、とべべが鳴く。

あいかわらずアロイスの変わり身のはやさには感心してしまう。

「お疲れ様でございました」

従者たちはあわてて頭をさげる。

「父上たちの狩りは終わったのか？」

「はい。さきほど。リディアーヌ嬢が行方《ゆくえ》不明とのことで、手分けして捜索することになった次第です」

「そうか。じゃあ急いでもどらなくてはな」

アロイスはべべを肩に乗せながら言う。

「……みなさんにはご迷惑をおかけしました」

リディはからだに残っている気だるさをもてあましながら、頭をさげる。こんなところで白昼堂々と淫らな行為に耽《ふけ》っていた自分を思うといたたまれない気持ちになる。

その後、彼女はアロイスの馬に乗せてもらって天幕へと戻ることになった。

アロイスは前に乗せたリディのからだに腕をまわして大事そうに支えてくれるが、リディの心は馬の揺れとともにおおいに波立っていた。

「安心しろ、リディ。きみの甘い声は彼らに聞こえていなかったみたいだ」

冴えない表情のリディに気づいたアロイスが、耳元に口をよせて小声で囁く。

「よして。……ぜんぶべべに見られたわ」

自分をさがしあてて救ってくれたところまではよかったのに——胸に抱いたべべの頭を撫《な》でていたリディは、アロイスがあんなこと仕掛けてこなければいいのにと、強い苛立《いらだ》ちをおぼえながら返す。それは、脅《おど》されているとはいえ、なぜか彼に流されてしまう自分自身に対する怒りでもあった。

「べべはおれたちの味方だからだれにもしゃべらないよ」

アロイスはくすりと笑みながら言う。

どのみち猫は言葉などはなせないではないか。リディはまったく悪びれもしないアロイスに辟易《へきえき》しながらも、一方で自分の感情の制御が出来なくなっていることに気づいて困惑した。

アロイスに好きだと告げられたとき、自分を手懐《てなず》けるための嘘だとわかっているのに心が揺れた。

（どうして……）

あんなふうに脅されてからだの関係を強《し》いられているのにもかかわらず、リディはこの男のことが嫌いになれないのだ。それどころか、淫らで情熱的な仕種《しぐさ》やまなざし、なぜか甘く感じられてしまうあの口づけに心が激しくかき乱される。こうしてそばにいると胸が締めつけられたようになる。

初恋は終わった。親たちに、レオナールとの結婚を示されたときに。

いまのアロイスは、遊びでちょっかいを出してくる危険な男だ。拒《こば》まねばならない相手だと、頭でははっきりとわかっているはずなのに——。

2.

水曜の朝がやってきた。

リディは、いつものようにレオナールと散歩をするため、宮殿の庭続きにある林苑《りんえん》に来ていた。

彼と顔をあわせるのは狩りの日以来だが、ふたりきりの時間を迎えても、うしろめたい気持ちでいっぱいで、これまでのように胸が躍らなかった。

この日リディが選んだのは、胸元にほどこされたシャーリングに小粒の真珠《しんじゅ》を散りばめた可憐《かれん》な淡い黄色のドレスだった。アロイスとの関係を思い出すたびに良心に苛《さいな》まれてふさぎがちになっていたので、明るいドレスを着て華やいだ気持ちになりたかった。

レオナールはいつものように肩章《けんしょう》や刺繍《ししゅう》の美しい濃紺《のうこん》の詰襟《つめえり》をきちんと着ている。リディは無意識のうちに胸章の綬《じゅ》の色を見て、それがアロイスでないことをたしかめていた。

「今日はあまり時間がとれないから、そろそろ戻ろう」

レオナールが、散歩をはじめてまだどれほども経たないうちに、宮殿の前庭のほうにリディを導きながら言った。

マロニエの木が林立する小道の先には、四季を象徴する神々の彫像が飾られた泉水があって、水が陽の光を弾いて絶えず噴きあげている。開放感のある美しい庭園だ。

「忙しいのね？　散歩だと時間に縛《しば》られてしまうから、前みたいに空いた時間に手紙をくれるだけでもいいのよ」

リディはいい機会だと思って、文通を再開したいと思っている気持ちを伝えてみた。すると、

「ああ、あの手紙ね。近いうちに話すつもりだったんだが……」

レオナールはためらいがちに言いさす。

「なに？」

めずらしくレオナールが黙り込んでしまったので、リディが気になって先をうながすと、彼

はいくらか思案するような間をおいてから、視線を彼方《かなた》の噴水のほうに投げて切りだした。

「実は、きみに手紙を書いていたのはアロイスなんだ」

「え？」

リディはとつぜんの告白に耳を疑う。

「うそ……」

手紙を書いていたのはアロイス？

リディは絶句したまま、その場に立ちつくす。

一陣の風が吹いて、肩におりていたリディの栗毛がふわりとうしろに流れる。

マロニエの若葉が頭上でさわさわと音をたててゆれる。

「驚かせてすまない。……あの手紙は、忙しい僕に代わって、ずっとアロイスが書いていたものなんだよ」

レオナールも立ちどまり、リディに視線を戻して告げなおす。リディの反応については、ある程度予想していたふうだが、彼の声はきまり悪そうで硬かった。

「そんな……、そんなのうそなんでしょ、レオ」

リディは信じられない思いでくりかえす。彼女の耳にはもう、小鳥のさえずりも噴水の水音もまったく耳に入ってこない。

「ずっと騙《だま》していてすまなかった」

彼は真摯《しんし》な顔で詫《わ》びると、訥々《とつとつ》と話しはじめた。

「……僕はもともと文章を書くのが苦手で、国交の挨拶《あいさつ》文をひとつ書くのにも頭を悩ませるタイプなんだ。だから惚《ほ》れた女性に手紙をしたためるなんて、恥ずかしくてよけいに言葉が出てこなくて困っていた。……それで、そのことをアロイスに相談したところ、彼が代わりに返事を書いてみようということになったんだ」

代筆はうまくいった。リディは手紙を書いたのはレオナールだと信じきって、じきに返事を送ってきた。

「アロイスは成功を喜び、おれも嬉しくなって、彼がマルティニへ行っても代筆を続けることになった」

「わざわざマルティニ市国まで転送していたの？」

隣国とはいえ、郵送には時間がかかる。

「そうだ。アロイスも、きみに手紙を書くのをとても楽しんでいたからね。もちろん手紙の内容はいつも僕が確認をしていたから、あれは僕の思いでもあったんだよ」

アロイスがマルティニ市国で書いた手紙は、まずアルデンヌ国のレオナールのもとに届けられた。その後、彼が眼を通したものがリディ宛《あ》てに送られていたのだ。だから手紙の話題についてふれることがあっても、レオナールとも会話が通じた。

「わたし、ちっとも気づかなかった……」

あの手紙は、アロイスが書いていただなんて。そんなことは思ってもみないことだった。

「このことを知っているのは、おれとアロイスと、転送の手続きをしていた彼の秘書官だけだ」

「ほんとうに、ぜんぶアロイスが書いたものなの……？」

たまにはレオナールが書いたものがあったりしたのではないかと思ってたずねてみる。

「ああ、ぜんぶだ。ずっと黙っていてすまなかった、リディアーヌ」

レオナールは恥じ入るように言いつつも、男らしく頭をさげる。

軽い失望は覚えたものの、騙《だま》されていたにもかかわらず、不思議と怒りの感情などはこみあげてこない。

それよりも、胸の片すみで、なにかが勝手に大きくふくらみはじめるのを感じる。

（あの手紙はぜんぶアロイスが書いたもの――）

だとしたら、自分はずっとアロイスの言葉に支えられていたということになる。

レオナールが驚きにとらわれたままのリディをそっとひきよせた。

「僕を、許してくれるかい？」

間近で見つめられ、謙虚な声で問われれば自然と頷《うなず》くことができた。

「ええ。ほんとうのことを、ちゃんと話してくれたから……」

筆不精《ふでぶしょう》というのとも違うし、悪意があったわけでもない。彼らの気持ちをうまく言葉にしたのがアロイスだったというだけのことだ。

「ありがとう。きみはあいかわらず優しいな、リディアーヌ」

レオナールはほっとしたようすでほほえむ。それから彼女の頬に愛《いと》しげにふれながら、静かに口づけてきた。

リディはどきりとしながらも、それをおとなしく受けとめる。彼とするのは先週の散歩の朝以来だ。

ふたりの唇が、しっとりとかさなりあう。

レオナールがかすかに唇をひらき、舌の先でリディの唇を割ろうとしてくる。

促されて唇をゆるめると、熱をおびた彼の舌がそっと忍び込んできてリディの上唇をなぞる。

これ以上のことをしてもいいのかと問うために。あるいは、したいのだという意思をこちらに伝えるために。

決して無理強《じ》いをしない、優しい口づけ。この人らしいとリディは思う。

不快感はない。けれどやはり、アロイスにされるときのようなはらはらするほどの高揚《こうよう》感もほとんどない。これまでどおり、拒んではならないから自然なかたちで受けとめるだけだ。

「ん……」

リディが抵抗しないので、レオナールはそのまま口づけを深めてきた。

熱い舌が、探るようにリディのそれを求める。濡れた舌先が触れあうと、さすがにリディはどきりとした。

リディが義務感にかられて拙《つたな》い舌遣いで応えようとすると、それに気づいたレオナールがぬるりと舌を挿入してくる。

それでもリディが拒《こば》まないので、彼のほうも次第に遠慮《えんりょ》がなくなってくる。はじめのうち強引で、だんだん優しくなってゆくアロイスとはやり方がまったくの正反対だ。

レオナールは音をたてて舌を吸いたて、舌の根をさぐるかのように深くからめてくる。性的なものを感じさせる淫《みだ》らな舌遣いには、リディの鼓動もいやおうなしに高まってくる。

「……ん……ふ……」

ふたりは抱きあい、深く舌をからめあう。

リディはレオナールの舌遣いだけでなく、自分自身の大胆《だいたん》さにも驚いた。

(わたし……)

いつのまにこんな深い口づけができるようになったのだろう。口づけひとつに頬を染めていた自分が遠い昔のことに思える。アロイスに手を出されることで慣らされてしまったのだろうか。

脳裏《のうり》には、彼とかわした口づけの感触が鮮明によみがえる。

手紙を書いていたのが彼だったなんて信じられない。けれど、面倒見のよいアロイスの人となりと、手紙の人柄はたしかにひとつにぴたりと重なる。そのことが、なぜかリディの胸をはずませた。

それから不意に、レオナールの唇がはなれた。

（レオ……？）

リディはけげんに思い、瞼《まぶた》をあけてレオを見た。

彼は、熱い口づけなどとうに忘れたような、感情をひそめた冷静な目でこちらを見ていた。

「だれとのキスを思い出してるんだい？」

もの柔らかではあるが、冷ややかな低い声で問われ、リディはぎくりとした。

「だれって……」

いま、アロイスのことを考えていた。息さえも奪うような、あの激しくて深い口づけ。ただまっすぐに自分を求めてくる彼のことを。

「あ、あなたのことしか……考えていないわ、レオ」

リディは焦りながら、ぎこちない声で返す。嘘だった。むりに平静を装ったために、否定する声が震える。レオナールはそのわずかな動揺《どうよう》を見逃さなかった。

「きみはもうキスを怖がらなくなった。アロイスにやり方を教わったんだろう」

リディはひやりとする。

「そんなこと……」

まさかの問いに、リディの頭は一瞬真っ白になりかけた。

レオナールは勘付いているのだ。自分と、アロイスの関係に。

実際、抵抗をおぼえなくなったのは、アロイスに慣らされてしまったからなのかもしれない。

「執務室の扉を開けるのがもう三分遅かったら――」

レオナールは、言葉をなくしているリディにひどく冷たい声音《こわね》で続ける。

「きみはアロイスの手に落ちていたんじゃないか？」

リディはあのときと同様に、全身からさっと血の気がひいてゆくのがわかった。

「気づいていたの……」

あの日、ふたりのあいだになにがあったのかを。

「答えてくれよ、リディアーヌ」

レオナールは、青ざめてわなないているリディをじっと見つめ、辛辣《しんらつ》に問いつめてくる。

焦りで鼓動が高まる。もう三分遅かったら、たぶん、自分はアロイスと身をかさねていた。

でもそれにはちゃんと理由がある。

「……あれは、アロイスのことを、てっきりあなただと思って……、彼もあなたのふりをしていたから……わからなかったのよ」

リディは弱々しい声ではあるが、明確に答える。言いわけのように聞こえるけれど、それが事実だ。あの時点では、たしかにレオナールだと思っていた。

「騙《だま》されていたってことか。それならそう話してくれればよかったのに」

レオナールは苦笑いしながら、どこか捨《す》て鉢《ばち》な感じで言う。もはや手遅れだと言わんばかりの顔をしている。そんなふうに負の感情を表に出す彼はめずらしい。

「あなたを傷つけると思って、言えなかったわ」

リディは悄然《しょうぜん》とうなだれて言う。嫌われるのが怖かったのだ。アロイスの正体に気づけなかった自分自身が愚かすぎて。

「僕を傷つけるのを恐れて？　それはうまい言い訳だな。いま、ついうっかり納得してしまいそうになったよ」

しかし現実には納得していないからレオナールの目は厳しいままだ。

こんな目をして自分を見るということは、レオナール自身はイレーネとは無関係で潔白なのではないかしら。リディはふとそんなことを思う。うしろ暗いものを抱えていたら、こんなふうにわたしを責めることなどできないはずだもの。

「アロイスのことなら、なんとも思っていないわ」

リディは義務感にかられて彼を仰《あお》ぎ、わざわざみずから伝えた。レオもそのせりふを望んでいたはずだった。

けれど口にすると嘘にしか思えなくて、リディ自身が戸惑った。なんとも思っていない。そうあるべきなのに、実際は彼のことを考えてばかりいる――。

「でも、さっきたしかにきみは、あいつを思い出してた」

そうだろう？　と責めるような目をしてレオナールは切りかえしてくる。

　リディはなにも返すことができず、その怜悧《れいり》な目から逃れるように目を下にそむける。

　彼の言うとおりだった。どうしてもアロイスが気になる。初恋はとっくに終わったはずだし、自分のことを弄《もてあそ》んでいるだけの男なのに。おまけに手紙の真実を知ったせいで、心はこれまでになく大きくゆらいでいる。

「いけないいな、リディアーヌ、この嘘つきな唇をもう一度塞《ふさ》がなきゃならない」

　レオナールはリディの顎《あご》をつかみ、親指の腹で彼女の唇を苛立《いらだ》たしげになぞる。

　彼のアイスブルーの瞳は怒りに満ちていた。大人になってからこんな剣呑《けんのん》な彼を見たのははじめてだ。

「や……」

　リディが本能的な恐怖をおぼえてレオナールを拒もうとすると、彼は無理やり彼女を抱きよせてふたたび唇を奪った。

　さきほどとはうって変わって、優しさのかけらもない乱暴な口づけだった。熱い舌がリディを蹂躙《じゅうりん》しようと唇を割って侵入してきて、口腔《こうこう》を無慈悲《むじひ》にさぐりたてる。

「やめて!」

　そんなふうに怒りにまかせて口づけられるのはつらくて、リディは顔をそむけ、レオナールを力いっぱいつきはなしてしまう。

(わたし……)

とっさの行為に、リディは自分で自分が怖くなった。こんなふるまいは許されないのではないか。

ふたりのあいだに、埋めようのない隔《へだ》たりができる。

「きみは僕を妬《や》かせるのが得意だな。アロイスのことが憎くてあいつを刺してしまいそうだよ」

レオナールはひどく残酷なせりふを吐く。怒りの感情を、リディのためにかろうじて押し殺しているのがわかる。レオナールにも、こんなに激しい面があるのだということを、それまで知らなかった。

リディが狼狽《ろうばい》したまま立ちつくしていると、

「リディアーヌ、きみはもう、アロイスとはふたりきりにはなるな」

レオナールが、荒《すさ》んだ険しい目をして命じてくる。

「え？」

「あいつは自由すぎるところがあるから危険だ。今後はだれかと一緒にいるときしか話してはならない。いいね？」

アロイスへの苛立《いらだ》ちを隠しきれないようすで、きつく言い聞かせてくる。

冷徹なものを帯びたアイスブルーの瞳にとらえられて、リディは固唾《かたず》を呑《の》んだ。この人は本気だ。もうふたりが二度と関係をもたないよう予防線を張るつもりなのだ。

「……わかったわ」

追いつめられたリディは、彼の怒りに怯《おび》えたまま、力ない声で頷《うなず》く。

たしかにそうするべきなのかもしれない。もう、アロイスにかかわらないほうがいい。なにか、もっと大きな間違いが起きてしまう前にはなれてしまったほうが――。

それから数拍の沈黙が落ちる。

「リディ……？」

リディがうなだれたまま黙り込んでしまったので、レオナールが一変して心配そうに顔をのぞきこんでくる。

リディは返す言葉が見つけられないまま、間を取り繕《つくろ》うような曖昧《あいまい》なほほえみを無理して浮かべる。泣きそうな顔になっているかもしれない。

近くの木から、二羽の小鳥がバサバサと飛び立ってゆく。

いつまでも無言のまま、ふたりして立ちつくしているわけにもいかない。

「僕が怖かったかい、リディアーヌ？」

レオナールが、なにも言えないでいるリディを気遣ってか、いたわるようにリディを抱きよせてきた。いつもみたいに、優しく包み込むように。

「腹を立てたりしてすまない。きみには僕だけを見ていてほしいんだ」

リディの頭を胸にもたせかけて、ふだんの凪《な》いだ声で告げてくる。

彼は怒りをぶつけたことを悔やんでいるようだった。抱かれたからだに伝わるぬくもりに、リディはひどい罪悪感をおぼえる。

「……いいえ。わたしのほうこそ、アロイスとのことを黙っていてごめんなさい」

リディは彼のあたたかな胸に頬をあずけ、いたたまれなくなって目を伏せる。こんなにも自分を想ってくれている人を、怒らせるようなまねをしてしまって――。

けれどリディが口をひらけなかったのは、そのせいだけではなかった。手紙を書いていたのがアロイスだったという真実をひきずっていたからだった。

一生涯をともにするこの人を、裏切るようなまねはしてはならない。

そうわかっているのに、心はどうしても、ずっと自分を手紙で支えてくれたアロイスのほうにむいてしまって止められないのだ。自分が好きなのは、いまもアロイスなのだと。

このとき彼女は、はっきりとわかった。

3.

その翌日、宮殿でアルデンヌ国の貴族諸侯を招いての舞踏会が催《もよお》された。

季節のおりにひらかれる規模の大きなものだ。

夜の七時。

大広間に集《つど》ったきらびやかな盛装姿の王室関係者や大勢の貴族諸侯の面々が、クリスタルガラスのきらめく豪奢《ごうしゃ》な飴《あめ》色のシャンデリアのもとでダンスを踊り、シャンパングラスを片手にあちこちで輪をつくって社交界の噂話《うわさばなし》に花を咲かせている。

リディは婚約者たる王太子レオナールのエスコートで広間に姿を見せた。

レオナールは襟元《えりもと》の銀糸の刺繍《ししゅう》やモール装飾の美しい白地の夜会服、リディは光沢《こうたく》のある深い青色のサテン地のドレスに身を包んでいる。

彼女のドレスは年頃にふさわしい見立てで、四角くあいた胸元や上スカートの縁は黒のジョーゼットとレースで上品に縁取られて、大人びた雰囲気《ふんいき》の中にも可憐《かれん》さがうかがえるものだ。

ひとしきり社交辞令の応酬《おうしゅう》が済んでレオナールと別れると、親しくしている年の近い令嬢たちが入れ替わるようにしてリディのもとにやってきた。

「リディ、素敵なレースね。ここにお花が咲いているみたいよ」

令嬢たちはリディのドレスを飾るレースに編みだされた精緻《せいち》な花紋様に注目して褒《ほ》めてくれる。

「結婚式のドレスをデザインした服飾師が見立ててくれたの。マルティニではいま細《こま》かなレースが流行《はや》っていて、職人たちがどこまで模様を忠実に描き出せるか、しのぎを削《けず》っているんですって」

「そうなの。じゃあリディの花嫁姿はこんなのがいっぱいついていてきっととても豪華ね。楽しみだわ」

「今夜の殿下の反応は？」

「なんておっしゃったのかわたくしたちも聞きたいわ」

自分のことのようにはしゃいでいる友人を見て、リディは良心を苛《さいな》まれる。

レオナールよりも、もっと慕《した》わしく思っている相手がいる。そういう状態で結婚に臨《のぞ》む自分が、とてつもない罪を犯しているような感じがする。

（アロイスのことは忘れなきゃ……）

リディは華やいだ令嬢たちに囲まれながら、ひとりひそかに自分の胸に言い聞かせる。

今夜は当然アロイスも顔を見せるだろう。彼はまた親しげに話しかけてくるだろうか。けれど、レオナールとの未来のために、彼とはもう深くかかわってはならない。

リディはその意思を今夜、アロイスにはっきりと態度で示すつもりでいた。もしかしたら、彼のほうもレオナールからなにかしら働きかけられているのかもしれないけれど。

ところが彼女は、このあとふたつの大きな衝撃を受けることになってしまう。


舞踏会も中盤にさしかかったころ、リディは軽いめまいを覚え、談笑していた夫人たちの輪からはずれた。口当たりのよいシャンパンだったので、つい飲みすぎたらしい。

彼女は酔いを醒《さ》まそうと、ひとり大広間を出てひと気のない鏡の回廊《かいろう》にむかった。

壁面には、縁に金装飾のほどこされた天井まで届くアーケード型の鏡が等間隔に張り巡らされている。女神の天井画も見事な美しく開放感のある回廊だ。

等間隔に並んだ大理石の柱のあいだには名のある芸術家が手掛けた彫像が置かれている。

ふとその柱の陰に、レオナールの姿が見えた。

（レオ……？）

リディは声をかけようと思ってゆっくりと彼のほうに近づいてゆく。柱に隠れて見えないが、すでにだれかと話しているようだ。

リディは足をとめた。反対側の壁面の鏡にはレオナールとその相手の姿が映っていたので、なんとなくそれを見た。見てしまった。

（うそ……）

次の瞬間、リディは彼らにそれ以上近づくことができなくなった。

心臓をわしづかみにされたような心地だった。レオナールが話していた相手は伯爵令嬢イレーネだ。そのうえさらに、レオナールが彼女のからだを抱いたかと思うと、唇をかさねたのだ。

リディは愕然《がくぜん》とした。

レオが、イレーネに――。

（キスをしてる……）

酔いが一気に醒めた。なにかのまちがいだと、リディは何度も目を瞬《しばた》いて鏡を見なおした。

しかし鏡に映ったふたりの唇はまちがいなくかさなっている。

水曜の朝、自分たちがしたみたいに。

あってはならない姿に、足ががくがくと震えだす。

（レオ……、どうして……）

頭から冷や水をぶちまけられたような衝撃だった。

やっぱり彼はイレーネと関係を持っていたのだ。社交界の噂《うわさ》は本当だった。

イレーネは情熱的な赤いドレスを着て、結いあげたまばゆい金髪を真紅のオールドローズで留めている。リディも何度か話をしたことがあるが、レオナールとおなじ澄んだ湖のような青い瞳はやや鋭く、同性の自分から見ても美しく艶《あで》やかで、利発そうな印象の娘だ。

ぴったりとかさなりあう唇。イレーネがレオナールに甘えて彼の肩に手をまわすと、レオナールがそれに応えてやさしく彼女の腰を抱く。

そういう姿を目にしたとたん、リディの胸はさらに苦しくなった。いつも自分を気遣ってくれるレオナールの男らしい大きな手が、いまはイレーネの腰をしっかりと抱いている。いかにも大事そうに――少なくとも、リディの目にはそう見える。

（やめて、レオ……）

あの優しさは、自分だけに注がれるものではなかった。

リディは身が引き裂かれるような心地がして、もうそれ以上ふたりを見ていることなどできなくなった。気づかれてはならないような気もして、あわててドレスの裾《すそ》をつかんで踵《きびす》を返す。

心臓がいやな感じにどきどきと高鳴り、喉《のど》が締めつけられたように苦しくなった。

ここが鏡の回廊でなければよかった。そうしたら、少なくともあの決定的な瞬間は目にしなくてすんだかもしれない。けれど、口づけまでかわされてしまったら、もう否定のしようがない。彼らは噂どおりに恋仲なのだ。

(信じていたのに……)

自分の中で、彼との未来が大きく揺らぎはじめる。

彼が自分を王太子妃に選んでくれたのは、自分に惹《ひ》かれたからではなく、しょせんカスタニエ侯爵と親しい父王の意思を尊重したからにすぎなかったのだろうか。

しかしリディはそこではたと気づく。そうだ、自分だってアロイスとおなじことをしているではないか。彼に抱きしめられ、口づけをかわした。そのうえひそかに恋い慕《した》っている。だからレオナールを責める権利などない。

(わたしもおなじ……)

おなじことをしているのだ。

胸が刃物で抉《えぐ》られたかのようにひりひりと痛む。

リディは八方ふさがりになって、その苦悶《くもん》に歪んだ顔を両手で覆《おお》った。

信じていた相手から裏切られることのつらさを、彼女は身を以《もっ》て思い知ることになってしまった。

胸のつまる思いで大広間に戻ると、楽士団が軽快なテンポの舞曲を奏で、人々が四人ずつの組になってカドリールを踊りはじめていた。

酔いは衝撃的な場面に遭遇《そうぐう》したせいで中途半端に醒《さ》めていたけれど、にぎやかなダンスに加わる気分にはとてもなれなくて、リディはひとりとぼとぼと露台のほうへとむかった。

華やいだ大広間とは対照的に、夜の庭園に人の気配はない。衛兵の立つところにぽつりぽつりと炎が焚《た》かれているだけだ。

雲のない藍《あい》色の夜空には小さな星がちかちかと瞬《また》いている。凪《な》いだ夜の海のような寂寞《せきばく》とした眺めに、ざわめく心がいくらか落ち着いた。

アロイスと関係をもった自分のことは棚《たな》にあげておいて、レオナールの浮気に傷つくなんて。自分はふたりから愛されるつもりでいるのだろうか。自己嫌悪に陥《おちい》って、リディは苦い溜め息を吐きだす。

けれど胸の痛みはなくならず、心が血を流しているみたいな感じがした。きっと自分がアロイスと犯した罪が、今夜、罰となって返ってきたのだ。

そのままひとり生ぬるい夜風に肌を撫《な》でられながら、黒々とした夜の庭園を無心に眺めていると、いつのまにか自分をみつけたアロイスが声をかけてきた。

「リディ。こんなところにひとりでどうしたんだ」

リディはどきりとしてふりかえった。

「アロイス……」

一瞬、レオナールかと思ったが、胸章の色でそれが彼なのだとわかった。

彼は今夜もレオナールとおなじ白地の夜会服だ。レオに負けず劣らずの男ぶりに、胸はさざめく。服の色のせいか、彼が隠し持っている清廉《せいれん》な部分が表に滲《にじ》み出ているような感じがする。

会うのは狩りで一緒になって以来だが、そのあいだにリディの気持ちはあきらかに変化していた。鼓動がはやい。自分はやはり彼に惹かれているのだ。からだ中を熱くめぐる血がそれを教えている。

しかしそれは許されないことだ。

「レオと一緒じゃなかったのか？」

なにも知らないアロイスが、けげんそうにたずねてくる。

「……ええ」

レオならイレーネと一緒よ――返事が、悲しみと空しさがないまぜになって喉元《のどもと》までせりあがってくる。けれど、口にすると卑屈《ひくつ》な感じになってしまいそうな気がして、リディはかろうじてそれを呑《の》み下した。

それから、もうアロイスとはふたりきりにならないことをレオナールと約束したことを思い出し、

「わたし、そろそろ中に戻らなきゃ」

彼からはなれるために、リディはドレスをつかんで身をひるがえそうとする。

あからさまな態度に、アロイスの瞳がかすかに揺れる。

「レオの怒りを買うからか？」

問われてリディは、はたと彼を仰《あお》ぐ。……図星だった。

「おれもレオに頭をさげられたんだ。……リディには手を出してくれるなと」

彼は自嘲《じちょう》気味に言って肩をすくめた。

「そうだったの……」

レオナールはあんなにも怒っていたのだ。アロイスのほうにも話がいくのは当然のことだ。

「もしかして、喧嘩《けんか》になった？」

「いや、ならなかったよ。おれがおとなしく正直に非を認めたから。きみにもあやまっておくよ、リディ。きみを弄《もてあそ》ぶようなまねをしてすまなかった」

アロイスはそう言って、素直に頭をさげてくる。彼はこれまでとは一変して誠意のこもった顔をしている。

いきなりのアロイスの態度の変化に、リディは目をみひらいた。

（アロイス……）

まずは双子の仲が決裂しなかったことにほっとするところなのに、胸には置き去りにされたような、冷え冷えとしたものがひろがってゆく。

きみを弄ぶようなまね——やはり自分はアロイスに遊ばれていただけだったのだ。そのことが、たったいまあきらかになってしまった。

自分がレオナールとの関係を重んじることを決意したように、彼の中でもレオの忠告によってなにかが決定的に変わった。相手を困らせるような悪ふざけはやめて、心を入れかえたということなのだろう。

（でも、これでいいのだわ）

リディはさりげなくアロイスから目をそらし、自分を慰めるように言い聞かせる。リディが仲を深めなくてはならない相手はアロイスではなくレオナールだ。どのみち自分たちは、はじめからどうにもなれない間柄ではないの。

「……わたしは先に戻るわね」

リディはぎこちない笑みをうかべてそれだけ言うと、ドレスの裾《すそ》をさばいて踵《きびす》を返す。

「まてよ」

広間に戻ろうとすると、うしろから二の腕をつかまれた。

リディはびくりと身をこわばらせる。

「浮かない顔をして、なにかあったんだろう」

アロイスはリディをふりむかせ、彼女の顔をのぞきこみながら問う。

吸いこまれそうに美しいアイスブルーの双眸《そうぼう》。じっとそれにとらえられて、リディの鼓動ははふたたび高鳴る。

（アロイス……）

いじめっ子のくせに、面倒見がいいところは昔と変わらない。ひさびさにむけられた、思いやりに満ちたまなざしに、リディは一瞬、レオとイレーネのことを話してしまいたくなった。

けれど、話したところで同情を誘うだけで何かが解決されるとも思えない。

「そういえば、レオから聞いたの。手紙は、ぜんぶあなたが書いたものだったと……」

リディは彼のまっすぐなまなざしから逃れたくて話題を変えた。このことだけは、アロイス本人とも話しておきたいと思っていた。

いま、目の前にいるこの男《ひと》こそが、あの手紙を書いていた本人。わたしをずっと支えてくれていた人なのだ――。

アロイスは虚をつかれたような顔になった。

「ほんとうに、レオが喋《しゃべ》ったのか？」

「ええ。わたし、三年間まったく気づかなかったのだけど……」

アロイスは、レオナールが事実を明かしたことを意外に思っているようすだ。けれど、それについての否定もない。

本人がこうして認めるのだから、やはりあれはこの男《ひと》が書いていたものだったのだ。

「真実を知って、きみは傷ついた?」

アロイスは、慎重にたずねてくる。騙《だま》していたことを詫《わ》びるような目をしている。

「いいえ。あの手紙は、レオの気持ちでもあったのだと聞いたから」

リディは責めていると誤解されないよう、いくらかほほえんで返す。もともと根に持つ性分ではないし、手紙の件について、ふたりに悪意は感じられなかったのではじめから許すつもりだった。

「そうか。……ずっと隠していて悪かった」

アロイスは、ほっとしたようすで謝る。それから、

「少し、外を歩かないか?」

彼はリディを誘った。

リディは一瞬ためらったが、アロイスが手紙のことについてを話すつもりなのがわかって、これが最後なのだと言い聞かせて彼に従った。

ふたりは宮殿のすぐ前にある泉水のほとりまでやってきた。

ときおり馬車の出入りがあって、並木のむこうには衛兵のほかにも夜会に遅れて来た人の姿がまばらに見られる場所だ。

アロイスは、月明かりを弾いて揺れる泉水の水面に目をうつして切りだした。

「手紙の言葉に嘘はないが、正直なところ、ある種の賭《か》けのような楽しみもあったんだ。いつまで身代わりが務まるのかと。……きみは気づかなかったけど、おれは何度か真実をほのめかしたことがあるんだよ。いつだったか、秋に赤く紅葉した葉を同封したことがあっただろう？」

アロイスが、おなじように水面を眺めていたリディのほうを見る。

「ええ、きれいな色だったから、とても心に残っているわ。カエデの葉、だったわね？」

うれしかったから、いまもはっきりとそのかたちが脳裏《のうり》に焼きついている。

「そう。あれはコブカエデといって、アルデンヌには生えてない品種なんだ。ほかにも、マルティニの音楽家が作曲したピアノの譜面《ふめん》を同封したり、耳に挟んだ小話を書いたり」

「そうだったの？」

リディは目を丸くする。まったく気づかなかった。

「気づいてもらいたくてしたことだったのかもしれない」

アロイスはじっとリディを見つめたまま言う。

「え……？」

「いまだから言えることだが……、返事をまって、その相手に恋い焦がれていたのはレオだけじゃない。おれもおなじだった。おれだって、きみと恋に落ちたかったんだよ、リディ」

ひたむきな目をして告げられ、リディの胸はぎゅっと締めつけられたようになる。

きみと恋に落ちたかった——。

アロイスは、わたしのことを本気で想ってくれていたということなの？

「でも、じゃあどうしてレオのふりをしてわたしに近づいたり、狩場でいたずらをしたの？わたし、遊ばれているとしか思えなかった……」

リディは、これまでの彼の不埒《ふらち》な行為の数々を思い出して戸惑う。

「実際、遊んでいるようにふるまったから。……本気であることを、きみに悟られたくなかったんだ。だって、きみは優しい人だから、おれが本気だと知ったら苦しむだろう？」

思慮《しりょ》深いまなざしに、リディは胸をつかれた。

「遊びに見せかけておけば、いつでも笑って終わらせることができる。だから、わざと不謹慎《ふきんしん》で軽薄な態度をとった。そんなふうにしてでも、きみに手を出さずにはいられなかったんだ」

月明かりに透けるような、濁《にご》りのない目をしてそう告げられ、リディは言葉を失う。

たしかに、アロイスのほんとうの気持ちを知っていたら、レオナールとの板挟みになってこれまで以上につらかったかもしれない。

「アロイス……」

遊びではなかった。この人は本気だった。あんな行為をはたらいていても邪《よこしま》な印象がなかったのは、結局は本気だったからなのだ。リディはほんとうのアロイスを再会以来はじめて見た気がした。

けれど、彼の語り口はすでに過去形だ。こちらを求める気配がまったくない。

彼の恋は、もうきれいに片づけられてしまったあとなのだ。執務室や、狩場での出来事など遠い過去のように。手紙のことさえも、いまだから言えるのだと——。

それきりアロイスは会話を続けようとはせず、宮殿の出入り口のほうに眼をうつしてしまう。

おりしもそこに一台の馬車が停まり、夫にエスコートされたリディの姉のゾエがあらわれる。

「ああ、賢夫人が遅れてお越しだよ。ほら、彼女のところへ行って明るい話をしておいで。ひきとめたりしてすまなかった」

ゾエの姿に気づいたアロイスは、リディを元気づけるためか、優しく背を押して彼女のもとへと促す。

背中に触れた彼の掌《てのひら》を意識しつつ、リディはゾエのほうを見た。

ゾエは、さっそく出入り口にいた顔見知りと談笑をはじめている。人々の憧れや嫉妬《しっと》を集める麗《うるわ》しい侯爵夫人。けれど、そんな彼女を目にしても、リディはかつてほど劣等感に苛《さいな》まれることはない。アロイスが言うとおり、自分には彼女にはない魅力があるのかもしれないと前向きに考えられるようになったからだ。

リディはふたたびアロイスに視線を戻した。

彼の深いアイスブルーの瞳は優しく澄んでいる。執務室や森で自分に淫らな行為をしかけてきたときの、危険で淫奔《いんぽん》な彼はもう見る影もない。

「アロイス、わたし――」

このままはなれるのがやっぱり名残惜《なごり》しくて、もう少し話していようとその場に踏みとどまる。けれど、

「きみは、おれとはふたりきりにならないと、レオと約束したんだろう?」

アロイスはリディの声を遮《さえぎ》るように言って、ほろ苦い笑みをうかべる。

遠回しに戒《いまし》められた心地がした。

きみは王太子妃になる身なのだから、それにふさわしい姿勢でいろと。

そして彼が自分との会話を切りあげるつもりでいるのもわかった。

リディはアロイスへの未練を無理やり胸の奥底に押し込んで、ぴんと背筋をのばした。

「……ええ。だから戻るわ」

なかば自分に言い聞かせるようにそうつぶやくと、ドレスをつかんで軽く会釈《えしゃく》をし、ゾエのもとに行くために彼に背をむけた。

そうだ。わたしはレオナールと結婚する。ほかの人に心を動かしていてはならない。

(これで、わたしとアロイスの時間はおしまい……)

リディはいいようのないせつなさを抱えたまま目を伏せて、王太子妃となる自分のために、彼への恋心に静かに蓋《ふた》をした。

初恋のおわりとおなじだった。あのときも、親たちに未来を告げられてあきらめたのだ。

アロイスに恋をしても、決して実ることはないのだからと——。

第三章　秘めやかな熱情

1.

日曜日。

リディはふたたび王宮にむかう馬車に揺られていた。

某国《ぼうこく》の国王夫妻来訪のために催《もよお》された歓迎式典のあと、レオナールが悪漢に襲われ、負傷したという知らせが入ったのだ。

リディは大急ぎで外出のための身支度《みじたく》を整え、彼のもとへとむかった。

イレーネとのことが脳裏《のうり》をかすめたが、こんな緊急事態に色恋沙汰《ざた》の感傷にとらわれている場合ではない。

あの夜会の日、ゾエとともに大広間に戻ってレオナールと顔をあわせたリディは、イレーネとの件は胸にしまってふつうに彼とダンスを踊った。

王太子妃として嫁《とつ》ぐ運命は、リディの手では変えられない。だから、たとえいくら彼が不義不貞《ふてい》をはたらこうとも、彼にダンスを望まれれば、ほほえんでその手をとるのが自分の義務だ。

イレーネのことは、しばらくは胸に秘めていようと心に決めていた。

自分はまだ心のどこかでアロイスのことが忘れられないでいる。

そういう状態で彼女との話題をもちだしたら、事態が泥沼化するだけのような気がしたからだ。


「殿下は御無事です。従僕が殿下を庇《かば》ったおかげで難を逃れました」

宮廷に着くと、あらわれた秘書官から、レオナールが負傷したというのは誤報で、正確には怪《け》我《が》を負ったのは彼を庇った従僕だったことを聞かされた。

「そうだったの。……よかった」

リディは安堵《あんど》と拍子抜けで、その場にへたり込んでしまいそうになった。

けれど、危険な目に遭《あ》った彼を見舞いたいし、実は彼にたしかめたいこともあった。

その旨《むね》を伝えるとすぐに許しがおりたので、彼女はまっすぐレオナールの私室にむかった。

たとえ彼が自分を愛していなくとも、彼の身を案じる気持ちはリディの中にこれまでと変わらずにある。

付き添いの侍女《じじょ》と別れ、小姓《こしょう》がドアを開けてくれるのをまって中に入ると、レオナールはベッドではなく長椅子《ながいす》にかけて本を読んでいた。

「来てくれたのかい、リディアーヌ」

本をとじたレオは、リディを見て顔をほころばせる。

「レオ、無事だったのね？」

リディはレオナールの顔を見て、あらためてほっとした。

「ああ、優秀な従僕が庇《かば》って助けてくれたんだ。刃を目にしたときは肝《きも》が冷えたけどね」

口調は明るいものの、レオナールはずいぶん気落ちしているようだった。自分の命が狙われたのだから当然だ。

事件のあらましを聞いた。

歓迎式典で、役人に導かれて某国国王夫妻が宮殿の前庭に姿を見せたところで、それまで付近の警備にあたっていた衛兵が、とつぜん刃物をもってレオナールのほうに襲いかかってきた。衛兵の格好をした刺客《しかく》だったのだ。まさに夫妻に人々の眼が集中した刹那《せつな》のことだったという。

「身代わりになった従僕の容体は？」

リディは、金の装飾がほどこされた猫足のローテーブルを挟んで、むかいの席に身を落ちつけてからたずねる。

「自室で治療にあたっているよ。左肩をやられたんだ。もう少し位置が悪かったら彼が命を落とすところだった」

「死ななくてよかったわ。……あなたの命を狙ったのはいったいだれなの？」

不穏な会話なので、リディはいくらか声をひそめて問う。

「わからない。いま追跡中だが……」

召使がやってきて、リディのためにお茶を支度《したく》してくれた。香ばしそうなマカロンや木苺《きいちご》のトルテなど、リディの好きなものがたくさんのったティースタンドを置いて、手際《てぎわ》よく香り高い紅茶を淹《い》れてくれる。

リディははじめためらっていたが、レオナールが事件をひきずって落ち着かないようすでいたので、腹をくくってきりだした。

「あの……、ちょっと耳に入れたのだけど、もしかしたら王位継承権を狙うアロイスの仕業《しわざ》なのではないかという疑いの声があるって……」

リディはここへ来る前、父からそれを聞かされた。レオナールに否定してほしくて口にしているのが自分でもわかった。

アロイスは、かねてからシャントルイユ枢機卿《すうききよう》との蜜月《みつげつ》が噂《うわさ》されており、ひょっとしたら彼らが背後にいて、アロイスに王位継承をけしかけて起きた事件なのではないかと一部の廷臣《ていしん》たちが話しているのだという。

「もうきみのところまで聞こえているのか？」

レオナールはそのことをすでに知っていたようで、噂の伝わる速さに驚く。

「ええ、もちろん信じたくないのだけど……」

「シャントルイユ枢機卿だろう……?」

レオナールも、黒幕はその男だと踏んでいるような顔でつぶやく。

シャントルイユ枢機卿は、宰相《さいしょう》の座を狙い、アルデンヌ国をメディシ教に統一したがっているといわれるメディシ教派の重鎮《じゅうちん》だ。

リディは、アロイスの帰国を祝ってひらかれた晩餐会のとき、彼が母親たる王妃と険悪な雰《ふん》囲気《いき》で交わした会話のことを思い出す。

アロイスの遊学先のマルティニ市国の国家元首は、メディシ教の教皇である。

あとから知ったことだが、アロイスには在国中にひそかにメディシ教に教化されて、現在は教皇の手先であるシャントルイユ枢機卿とつるんでいるのではないかと噂《うわさ》があるのだ。

アロイスがメディシ教に寝返っているのだとして、彼を擁立《ようりつ》してアルデンヌ国の次期王位に就《つ》かせれば、この国をかつてのようにメディシ教に統一することが可能になる。

(でも、アロイスがレオナールの命を狙ったかもしれないなんて——)

「まさか、そんなことはないわよね……?」

もしそうなら、王位を巡ってふたりの王子が対立することになってしまう。

リディは考えるだけで胸が悪くなる。ただでさえ、自分との関係によって波風が立ったばかりだというのに。

「どうだろうな。僕も信じたくはないが、実際、具体的な証拠がなにひとつあがっていないから、なんともいえない状態なんだ」

「そうなの……」

リディは顔を曇らせる。

まさか、アロイスが首謀者《しゅぼうしゃ》なのだろうか。そんなのはぜったいに嫌だ。

レオナールのほうは、リディとアロイスの関係を知ったあとのせいか、アロイスにずいぶん不信感を抱いているようだ。双子の弟が自分の命を狙っているなどとは考えたくないだろうに。

「彼が気になる？」

レオが感情をよませない平淡な声音《こわね》でたずねてくる。まだアロイスとの仲を疑っているのだろうか。

「犯人でなければいいとは思っているわ」

リディは彼に未練があることは悟られない程度に正直に答える。

けれどそれきり彼女が不安げに黙り込んでしまったので、

「安心しろ、リディアーヌ。僕もアロイスも嘘や隠し事はお互い苦手だ。またなにか企《たくら》んでいるのなら、そのうちにわかるよ」

レオナールはリディを気遣って、いくらか明るい口調で言う。

嘘や隠し事は苦手――。

それなら、どうしてイレーネとのことをわたしに黙っているの？

ふと、リディの中に夜会の日のふたりの姿がよみがえって、思わず口にしたくなってしまった。

レオナールと顔をあわせれば、どうしてもこんなふうに彼女とのことも思い出してしまう。

けれどリディは直接彼を問いつめることもできず、喉にせりあがってきたせりふを呑《の》み込んで、代わりに口に封をするようにビスキュイを押し込む。

（嘘や隠し事は、わたしだってされたくないのに……）

レオナールはリディの葛藤《かっとう》には気づかないまま、召使が淹《い》れていったお茶を飲んでいる。

リディの口の中でバターの風味がきいたビスキュイがほろほろと崩れ、甘く蕩《とろ》けてなくなる。

イレーネとの関係も、アロイスにかかった疑惑も、すべてなにかのまちがいで、こんなふうにぜんぶ溶けてなくなってしまえばいいのに。

彼女はそんなことを思いながら、冷めてきたカップに手を伸ばした。

2.

それから二日ばかりが過ぎた。

天気のよい昼下がり、リディは王宮の庭にある四阿《あずまや》で、シルヴィアとお茶を飲んでいた。ひさしぶりにベベを連れて話し相手になってくれとむこうから誘いがあったのだ。

近況を報告しあって、手紙の書き手がレオナールではなくアロイスだったことをシルヴィアに話すと、彼女はお腹を抱えて大笑いした。

「リディったら、ほんとうにずっと気づかなかったの？」

「ええ。だって、まさか代筆だなんて思わないでしょう」

「痛快ね。見分けがつかないのは外見だけでなく文面もだったというわけ。お兄様たちもあいかわらず悪どいことするわ。……それで、リディはレオ兄様に怒ってやらなくてよかったの？」

「ええ……」

驚きはしたけれど、傷つくことも腹が立つようなこともなかった。この真実は、レオナールよりもむしろアロイスに対する認識を劇的に変えるものだったのだ。

リディはアロイスから聞いたことをシルヴィアに伝えた。

「レオは気持ちを言葉にするのが照れくさくて苦手なんですって。悪気があって騙《だま》していたわけではないみたいなの」

「まあ、アロイス兄様にくらべたら、たしかにレオ兄様は数字が好きで文科的な才能には乏《とぼ》しいかしらね。学校の成績はほとんど変わらなかったはずだけれど」

「ええ。だからレオに腹が立ったり幻滅するというよりもむしろ……」

リディはその先を言うのはためらわれて言いよどむ。

するとシルヴィアがリディの顔をのぞき込みながら先を促す。

「アロイス兄様の存在が気になるようになった?」

言い当てられて、リディはどきりとする。シルヴィアの瞳は王妃似の双子兄弟とは異なり、あたたかみのある榛色《はしばみ》だが、いまは彼らとおなじような心を見透かす鋭いものを帯びている。

「どうしてそう思うの?」

リディは否定するつもりで問う。

「だってリディは、レオ兄様から手紙の返事が届くたびにわたくしに嬉しそうに話してくれたもの。手紙に恋をしているんだってはっきりわかったわ」

リディは手にした紅茶のカップに目を落として静かにつぶやく。

「ええ。たしかにわたしが恋をしていたのは、手紙を書いてくれた相手だった。あの手紙のあたたかくて優しい人柄にずっと憧れていたの――」

自分を支えて導いてくれるあの言葉の数々に。

リディのせりふを受けたシルヴィアが、複雑な面持《おもも》ちで続けた。

「でもその正体はアロイス兄様だった。リディがこれまで恋をしていたのはアロイス兄様だったってことになってしまうわね」

そのとおりだ。けれど、リディはシルヴィアに目を戻し、決然と告げる。

「わたしは、アロイスに恋はしないわ」

「リディ……」

「だってレオと結婚するんですもの。王太子妃がほかの男性に懸想《けそう》しているなんて知れたら、レオは社交界の笑いものになるわ」

　それでなくても彼にはイレーネとの噂がある。噂どころか事実だったが――。このまま双方がほかの相手に夢中になっていたら、ひどい仮面夫婦になってしまう。そんなのはいやだ。

「わたしは、わたしに求められた役目を果たして生きてゆくつもり」

　それが、王家に嫁《とつ》ぎ、王太子妃としてレオナールを支えてゆくことなのだ。

「立派よ、リディ。でも、叶わないとわかっていても、恋心は勝手にふくらむものでしょう。今日はその悩みを相談に来たのかと思っていたけれどちがうの？」

　シルヴィアが肩をすくめ、同情するような笑みをうかべて問う。リディがアロイスに未練があること、彼女ははじめから見抜いているようだ。

「手紙のことは、笑い話のつもりでしただけよ」

　リディは湯気のなくなった紅茶に目を落とし、抑揚《よくよう》のない声で返す。そうだ、手紙のことなんて、ただの笑い話だ。

「無理しなくていいのよ、リディ。アロイス兄様のことが好きだって、顔に書いてある」

「えっ」

　リディは思わず片頬を押さえる。

「それにほら、べべもレオ兄様よりアロイス兄様が好きよ。動物は飼い主に似るっていうわ」

シルヴィアが膝にあずかっていたべべのふさふさした脇腹をくすぐりながら、顔を曇らせているリディをあべこべな理屈で茶化す。

「よしてよ、シルヴィア……、べべのことはたまたまでしょ」

リディは、なぜかシルヴィアが、リディが必死に葬《ほうむ》ろうとしているアロイスへの想いを逆にかきたててくるので困った。それから、

「わたしはレオナールと結婚するの」

しなければならないのよ。

リディはシルヴィアから逃れるようにふたたびカップに目を戻し、冷めはじめた紅茶に映る自分をじっと見つめながら、アロイスを忘れるためにこれまで何度も言い聞かせてきたことを心の中でくりかえした。

3.

その日、彼女は、シルヴィアとわかれたあと、宮廷画家となったヴァトー氏のもとを訪れてみることにした。国王の騎馬像画がどこまで仕上がっているのか興味があったのだ。父もその進退を気にかけていた。

彼はいま、小離宮の一室にアトリエをかまえ、そこに起居しているのだという。

小離宮は先々代の王妃のために建てられたものだが、現在はおもにアルデンヌ国をおとずれた国賓《こくひん》をもてなし、宿泊させるための迎賓館《げいひんかん》として使われている。

オドレイユ宮殿とおなじく白壁に金の装飾がそこかしこにほどこされた瀟洒《しょうしゃ》で格調高いつくりの建物だった。

リディが侍女《じじょ》を伴《ともな》ってホワイエに足を踏み入れると、奥の通路から人の声と足音が響いてきた。

頭に丸いズケットを被《かぶ》り、首からストラをさげた黒服の司教たちが何人か連れだって出てゆく。ここに滞在していたのだろうか。

ヴァトー氏のアトリエは二階西のつきあたりだと聞いたので、彼女はドレスの裾《すそ》を気遣いながら大理石の階段をのぼってゆく。

階段を挟んで西と東にそれぞれ客室があるようだった。廊下《ろうか》の高い天井には天空で戯《たわむ》れる天使像がのびのびと描かれ、背の高い扉が並ぶ。内装にも隅々にまで贅《ぜい》を凝《こ》らしたその空間はとても居心地がよかった。

途中の部屋に、ふと人の気配を感じて、リディは足をとめた。

あけはなたれた扉のむこうから、会話を交わしながら人が出てこようとしている。

「私だけでなく、彼らも最近はずいぶんとうわついているようすだ」

「決行の日が近くなっているので無理もありませんよ」

「そこは身を引き締めて迎えたいところだがな」

室内のふたりは苦笑しあう。片方は耳になじみのある声——アロイスか、レオナールのものだ。

やがてその姿が視界に入る。

リディはどきりとした。胸章を見ずとも、このときだけは直感的に、それがアロイスなのだとわかった。室内に緋色《ひいろ》の礼服姿のシャントルイユ枢機卿の姿も見えたからだ。彼らは部屋を出てこようとするところだった。

「かくれて」

リディはとっさに侍女《じじょ》の手をひいて手前の部屋に戻り、そこに身を隠した。

といっても距離があるから、出入り口にたどり着くまでには時間がかかる。そこが空き室だったのは幸運だった。

扉を閉めてしまうと、扉越しには彼らの声はなにを話しているのかまでは聞き取れなくなり、やがて足音が階段のほうへとむかうのがわかった。

リディは、はやる胸を押さえて大きく息をつく。

アロイスの姿を見るのは夜会以来だった。彼は蔦《つた》紋様刺繡《ししゅう》の雅《みやび》ないつもの濃紺《のうこん》の詰襟《つめえり》を着ていたが、その姿を目にしただけで胸がきゅんと痛いくらいに締めつけられた。忘れるどころか、会わないあいだに気持ちはいっそう深くなってしまっている。

（でも、アロイスは、どうしてシャントルイユ枢機卿なんかと……）

　ときめく一方で、重い疑惑が募《つの》る。やはり、彼の国教会信仰はみせかけにすぎず、王位継承を狙っているのだろうか。

　リディはわずかに部屋の扉をすかしてみる。

「もういないみたいね……」

　がらんとした無人の廊下《ろうか》を確認し終え、リディは侍女とともにドレスの裾をさばいてするりと部屋を出る。

　そのままっすぐヴァトー氏のアトリエにむかうつもりだった。

　が、さきほどアロイスと枢機卿が出てきた部屋を通り越したその刹那《せつな》、

「リディ」

　背後から名を呼ばれて、リディは口から心臓が飛び出そうになった。

　ふり返ると、客室からとつぜんアロイスが姿をあらわしたのだ。

「アロイス……！」

　階下に降りたと思っていたのに、まちぶせされていた。

「探偵ごっこは楽しいか、リディ？」

　彼はうっすらと笑みをうかべながらこちらに歩みよってくる。

　リディはアロイスとの距離が近くなってどきりとしつつ、とっさの言いわけを見つけられず、

侍女とともにばつがわるそうにうつむいた。

自分の鼓動が高鳴るのが、アロイスを想っているせいなのか、それとも彼の素行への不安からくるものなのか区別がつかなくなってゆく。

「どうしてきみがこの離宮に?」

アロイスがどことなく険しい顔でたずねてくる。

「画家のヴァトーさんにお会いしようと思って……」

これはほんとうのことだ。

「そうか。彼ならしばらく不在だよ。父上の騎馬像画のための色材を調達しにトルアノンへ行ったばかりで二週間は戻らない。滞在中だったマルティニの司教たちもさっき出て行ったばかりで、ここに残っているのは下働きの者だけだ」

「そうなの……」

さっきのは、マルティニ市国の司教たちだったのだ。

「アロイスこそ、どうしてここに?」

リディはアロイスを見上げて問う。

「おれは彼らの出立《しゅったつ》を見送っていたんだ。留学時代に親しくしていた人がいたからね」

アロイスが彼らと親しいことはたしかなのだ。さっきは枢機卿とここでなにを話していたのだろう。

リディの懐疑《かいぎ》的なまなざしに気づいたらしいアロイスが、訊かれる前に口をひらく。

「きみがなにを疑っているのかはわかってる。おれが枢機卿とつるんでレオの暗殺でも企《たくら》んでるんじゃないかと考えているんだろう。国教会への信仰はみせかけで、メディシ教に改宗しているのだという噂《うわさ》もあることだし？」

口調はやわらかだが、どこか苛立っているように見えた。ここにリディが居ることに腹を立てているみたいだ。

「さっきは枢機卿と一緒だったわね。彼とはなにをお話ししていたの？」

リディは気を強くもって、ひらきなおってたずねてみる。

「知りたい？」

「ええ」

レオナールのためでももちろんあったけれど、アロイスにまちがったことはしてほしくないという思いが強かった。

アロイスのほうも、そういうリディの意図を見抜いているようだった。

「じゃあ、その客間をかりよう。おいで」

アロイスはさきほどリディが隠れた部屋を顎《あご》で示して誘いかけてくる。

「勝手に部屋をつかってもいいの……？」

「かまわないよ。こんなところで立ってする話じゃない」

アロイスは他意のない口調で言う。

リディは身を硬くする。こんな揺れる思いを抱えた状態でアロイスとふたりきりになるのは危険なのではないか。おまけに王太子暗殺の噂まである相手だというのに。

「そんな顔しなくたって、もうなにもしないよ」

アロイスは自嘲《じちょう》気味に言って肩をすくめる。もう、なにもしない。たしかに、レオナールに関係がばれてからというもの、アロイスはさっぱり手を出してこなくなった。きっと、自分への熱が冷めてしまったせいなのだろう。

「それじゃ……」

リディは侍女にはホワイエで待ってもらい、アロイスについて空き部屋にむかう。彼の口から、彼が枢機卿との仲に汚れた事情などないのだとはっきりと証明されることを期待していた。

室内は、いつ客が訪れてもいいように整然と片づけられていた。

マホガニーのティーテーブル、金箔青銅《きんぱくせいどう》で美しく装飾された暖炉《だんろ》や、化粧漆喰《けしょうしっくい》のほどこされたデコラティブな高い天井は溜め息が出る美しさで、白亜のモールディングや落ち着いた風合いの青いクロスとあいまって上品な清涼感が漂う。

なぜか、リディは避暑地の湖を思い出した。クロスの色のせいだろうか。

先に椅子にかけたアロイスは、むかいにリディが落ち着くのをまってから、まじめな面持《おもも》ちできりだした。

「きみに疑いの眼で見られたままなのはつらいから、正直にぜんぶ話すよ。おれは噂《うわさ》にあるとおり、メディシ教派と通じている。表向きは国教会の信徒のふりをして、むこうに寝返っているかたちだ」

「そんな……」

　堂々と認められてリディは絶句した。

　それからたちまち義憤《ぎふん》に駆られ、リディは厳しい顔で彼を非難する。

「国や王家を裏切るつもりなの、アロイス！」

　そんなこと、アロイスにしてほしくない。

「ああ。だがそれには理由がある。シャントルイユ枢機卿はこの国をメディシ教に統一しなおそうと必死だ。そのために、王位継承権に興味はないかとマルティニでおれを口説《くど》いてきた。レオを亡き者にして、いずれおれが王位に就《つ》いたあかつきには、彼も宰相《さいしょう》になってこの国を牛耳《ぎゅうじ》るという算段だ」

　国の中枢の権力を握れば、メディシ教統一もたやすく叶う。これは噂にあるとおりだ。

「だが、おれは王位に興味はないし、国教会を裏切る気もない。だからレオナールの命を守るために彼らと手を組むふりをすることにした」

「ふりを？」

「そうだ。いま、おれがメディシ教徒であるというのも、実はみせかけにすぎない」

リディは目を丸くする。

「ほんとうは、国教会派だということ?」

「そう。レオの命を、ひいては国教会を守るために、仕方なく彼らに与《くみ》しているだけなんだよ」

アロイスは正義感に満ちた顔をして告げる。

たしかにそのほうが正しい情報を確実に得られて、国教会や王家を彼らの野心から守ることができる。

アロイスの真実を知って、リディはわずかに緊張が解けるのを感じた。

「レオはこのことを知っているの?」

「もちろんだよ。言っただろう、おれたちはいつでも情報を共有しているんだって」

レオナールを思ってか、アロイスの表情がやわらぐ。

けれどリディは、それにひっかかりをおぼえる。

「レオはそんなことはひとことも言ってくれなかったわ」

信じたいという気持ちはあるようだったけれど、むしろアロイスを疑っているふうに見えた。

「それはきみのために、真相を隠しただけだ」

アロイスはふたたび硬く険しい面持ちになって続ける。

「実は、おれはすでに、メディシ教派から二重スパイであることが疑われているんだ。つまり、メディシ教信仰のほうもみせかけで、やはり国教会の人間でしかないのだと気づいてる人間がいる。……枢機卿は容赦《ようしゃ》のない男だ。自分の首が絞まるとわかれば、裏切り者など平気で葬《ほうむ》る。王太子の婚約者であるきみが共謀していると思われたら、なにかあったときに累《るい》が及ぶおそれもある」

直接殺されないにしても、口封じを兼ねた捨て駒《ごま》として悪利用される可能性は非常に高いのだという。

だからリディをかかわらせないよう蚊帳《かや》の外に置いているのだ。

固唾《かたず》を呑《の》んで固まるリディに、彼はさらに続ける。

「この前の王太子暗殺未遂《みすい》事件の黒幕はシャントルイユ枢機卿だ。すでに、二度目の暗殺計画も立っている」

「二度目……、またレオが命を狙われるの？」

リディの肌が、ぞわりと粟立《あわだ》つ。

「ああ。今度の夏至祭《げしさい》の最終日に実行されることになっているんだ」

さきほどの枢機卿との会話はおそらくそのことについてだったのだ。

「レオはもちろんそのことを知っている。実行犯をその場でつかまえさせ、おれがすべてを告発する手はずになっているんだよ」

すでにその日のための要員も配置済みなのだという。

危険な橋を渡るような行為に背筋が寒くなるが、枢機卿ほどの野心にまみれた悪玉を失脚させるには致し方ないのだろうか。

「あなたは、レオとふたりで国を守ろうとしているのね……」

リディは、アロイスのまっすぐなまなざしや、言葉の端々に滲《にじ》み出るゆるぎない愛国心に感じ入ったようにつぶやく。まさか、ふたりがそんな一大事を抱えて過ごしているとは知らなかった。

「きみはこういうことに首をつっこまないほうがいい。さっきも言ったとおり、きみ自身が危険に巻き込まれる可能性があるからだ。だから、いまのことも聞かなかったことにしてくれ、リディ」

まなざしは真剣そのものだ。なぜ自分を見つけたとき彼の表情が険しかったのか、いまになってわかった。

「ええ。約束するわ」

リディは慎重に頷《うなず》いた。話が大きすぎて、ドレスの上で組まれた手には、わずかに汗を握っている。

「おれが王位を狙っているのかと不安だった？」

アロイスがようやくふだんのくつろいだ表情になってたずねてくる。不穏な話題に動揺《どうよう》するリディを気遣ってくれているのだろう。

「ええ……。でもそうじゃなくてよかったわ」

リディはからだに入っていた力がほっと抜けるのを感じた。ほんとうによかった、アロイスに野心などなくて。たしかめたかったのは、そのことだったのだとあらためて実感する。

それから彼女は、なんとなく安らぎを求めて、窓の外に咲いている花に目をうつした。

離宮の前庭には枝ぶりの見事なリラの並木があり、枝から伸びた花穂《かすい》が四枚弁の小花をびっしりとつけて、いまが盛りとばかりに咲き乱れている。

陽の光をあびて透けて見えるような、淡く優しい薄紫の微妙な濃淡の色あいが美しい。

「きれいね……」

リディはそばで眺めたくなり、ソファから立ちあがって窓辺に歩みよる。

格子窓《こうしまど》をあけてみると、外気が室内に巡ってリラのかぐわしい香りがそこはかとなく漂う。

「なつかしい香りだな……」

アロイスもそばに来て、外の景色を眺めてつぶやく。

リラの花は、宮殿の庭のあちこちに咲いている。この季節になると、どこからともなくこの香りがして、リディも子供のころ王宮の庭で遊んだことを思い出す。記憶を揺りうごかす、なつかしい香り。

「よくみんなで花びらが五枚のものをさがしたわ」

リラの花びらはふつう四枚だが、まれに五枚のものがあって、それを見つけると幸せになれるのだという言い伝えがあるのだ。

「おれは、レオよりもはやくリディに見つけてあげたくて必死だったな」

アロイスが昔を偲《しの》ぶように目を細める。

「何度か見つけてくれたわね。でも短気を起こして花を毟《むし》りだすのもいつもあなただったわ」

毟った花びらを自分に降らせていた小さなアロイスを思い出して、リディはくすりと笑う。

いたずらされているのに、結婚式のときの花嫁になったみたいで幸せな気持ちになったものだ。


それからふたたび沈黙が落ちる。

ゆるい風にゆらめくレースのカーテンと、リラの花の香りだけが残る。

リディは自分たちの会話がすでに終わっていることに気づく。アロイスの潔白は証明された。もう話すことはなにもない。

「わたし、そろそろ帰るわね」

リディはあらたまった声で告げた。

「ああ。そうだね」

ちらと暖炉の上の置時計を見たアロイスが、ひきとめる気配もなく頷《うなず》く。

あっさりと頷かれてはじめて、リディは自分がもっと彼のそばにいたいと思っていることに気づいた。この部屋は広くて静かで居心地がいい。このままここにいて、アロイスと他愛《たわい》無いことを話していたい。

けれどリディは、そんなことはおくびにも出さないで、軽く会釈してから彼に背をむける。彼とはふたりきりにはならないというレオナールとの約束が、彼女を立ち去らせようとしていた。もうこれ以上はここにいられない。

後ろ髪をひかれる思いでドアノブに手をかける。真鍮《しんちゅう》の冷たい感触が、彼の冷めてしまった心をあらわしているみたいで嫌だった。ところが、

「まて、リディ」

ぎりぎりのところでアロイスの声がひきとめた。

リディはどきりとし、ドアノブをつかんだまま固まる。

出てゆくことも、かといってふり返ることもできないでいる彼女のそばに、彼がやってくる。

「きみは、レオのことを愛しているのか？」

いきなり核心をつくような質問をされて、リディは軽く目をみはる。なぜ、こんなことをいまたずねてくるの。

「……ええ。愛しているわよ」

短い沈黙のあと、リディは自分の手に目を落としたまま感情を殺した硬い声で頷く。

まだ愛していると思う。言い方をかえれば、嫌いになったりはしていない。けれど、イレーネとのことが頭をよぎった。

「うそだ」

責めるような声でアロイスが言う。

「うそなんかじゃないわ」

リディはアロイスを仰《あお》いで強く返す。いまさら、そこに愛があろうとなかろうと、王太子妃として彼に嫁《とつ》ぐことはもう決まったことだ。

「じゃあどうしてきみは、そんなつらそうな顔をしてるんだ」

問われて、リディの瞳が揺れる。

「つらそうな顔なんて……」

アロイスの美しいアイスブルーの双眸《そうぼう》には、自分が映り込んでいる。わたしはそんなつらい顔をしているのかしら。心が軋《きし》む。そんなこと、言われたくない。まるでレオナールに嫁ぐのを拒《こば》んでいるみたいではないか。それが、わたしの人生に課せられた義務なのに。

アロイスの手が、ドアノブにかかったままのリディの手をとる。

ひさしぶりに触れられて、またひとつ鼓動がはねた。

「さわらないで」

リディがつかまれた手を引こうとした刹那《せつな》、そのまま彼にひきよせられ、広い胸に抱きすくめられた。

からだに馴染《なじ》んだ、なぜか安心できるなつかしいような感覚。でもこの人はだめだ。

「なにもしないって言ったのに」

流されそうになる自分に焦りをおぼえて、リディは彼から逃れようと身をよじる。

「きみとレオナールのしあわせのために我慢するつもりだった。でも無理だ。どうしても、きみを前にすると、気持ちを伝えずにはいられなくなる。……おれは、やっぱりきみのことが忘れられない」

アロイスは、リディを壊れそうになるくらいにきつく抱きすくめる。

忘れられない――。

喉《のど》を絞《しぼ》るようなせつなげな声だ。いつになく余裕をなくした彼に、リディの胸は大きく波打つ。

「やめてアロイス」

リディは息苦しくなって彼から顔をそむけた。いま、そんなことを言われても困る。

けれど、アロイスの手が優しくリディの片頰を包み、前をむかせた。

「きみはもう引き返せない。だって、いまきみがおれの腕の中にいることを、レオにどう説明するつもりだ？」

さしせまったつらそうな表情に、リディは目をみひらく。

「きみはおれの部屋に来た時点ですでに彼との約束を破っている。おれがレオにそれを告げれば、きみは彼を裏切ったことになってしまうんだよ。また彼を怒らせるつもりか？」

それが脅しではなく、リディ自身の迷いやためらいを断つためのものなのだと彼女にはわかった。

「……ずるいわ、アロイス」

抗《あらが》う意思を挫《くじ》かれて、リディは声を震わせる。

「そうだ、おれはずるい。でも、わかってくれ。そうまでしてでもきみが欲しいんだ」

アロイスはむき出しの情熱をぶつけてくる。彼の面《おもて》に、これまでのような危険で挑むような色はない。ただ、ひたむきで純粋な情熱があるだけだ。脅《おど》してでもいいから、自分の想いを伝えたいのだと――。

「かわいいリディ。好きだよ」

アロイスはふたたびリディを抱きすくめ、熱をおびた声で告げてくる。

「この不思議な感性をもった瞳を、ひとり占《じ》めしたくなる。おれのことだけを映していて欲しくなる。小さいころから、ずっとそう思っていた。だから、気を引きたくていつもいたずらばかり――」

切実な響きに、リディの胸は締めあげられる。これが、この男のいまの本心なのだ。熱情が自分のからだに一気になだれ込んでくるような錯覚《さっかく》にみまわれる。

「このまま抱かせて。おねがいだ。……一度だけでいいから」

アロイスは指を彼女の髪にすべりこませて愛撫《あいぶ》しながら、嘆《なげ》くような、くるおしげな声音《こわね》で

たたみかけるように言い募《つの》る。

一度だけでいい――それはわたしがレオナールに嫁《とつ》ぐ身だから……？

言葉をつまらせたリディは、アロイスの胸に身をあずけたまま考える。自分をこの部屋へむかわせたものが、いったい何だったのか。

レオナールのために、アロイスと枢機卿の仲は気になった。それはたしかだ。けれどもっと単純な情動があった。自分はただ、この男と一緒にいたかっただけなのではないか――。

「アロイス……」

リディは肩先に彼の重みを感じながら、あきらめたように目を伏せる。

もうだめ。

この恋情の束縛《そくばく》からは、はじめから逃れることなどできない。自分もこの男に惹《ひ》かれているからだ。リディの初恋はまだ終わっていなかった。親たちに未来を示されたあのときに、終わったことにしていただけだった。

わたしも、やっぱりこの人のことが好き――。

リディにはもう、自分自身の気持ちに逆らう力は残っていなかった。

彼の腕に抱かれたまま、じっと自分の鼓動を聞く。それはアロイスを想ってせつなく高鳴っている。あるいは、禁を犯す罪に怯《おび》えて。

リディがおとなしくなると、アロイスが口づけのために顔をよせてきた。

どうか、レオナールを裏切る罪をお許しください。リディは、神に許しを乞《こ》いながら静かに瞳を閉ざした。

彼の唇が、罪の深さにためらって震えるリディのそれを優しく塞《ふさ》ぐ。

ひとたび唇がふれあい、アロイスの熱を感じれば、もう彼のこと以外はなにも考えられなくなった。

レオナールのことも、自分の立場も、この先、自分たちがどうなるのかということも――。

互いの熱い吐息が溶けあうのを感じながら、リディは彼に身を委《ゆだ》ねる。

この人が好き。ずっと昔から、リディが好きなのはこの男なのだ。

いじめっ子のくせに、面倒見のいいアロイス。

自分たちはずっと手紙で繋《つな》がっていた。会わなかった三年のあいだも、リディは結局、アロイスに恋をしていたのだ。

優しい口づけだった。いままでのように、無理強《じ》いしてその気にさせる必要などないからだ。

彼に抱かれたからだぜんぶが、甘い感覚に包み込まれる。

禁じられていたがゆえにふたりのあいだにあった目に見えぬ隔《へだ》たりが、互いの熱によって少しずつ解けてゆく。

「ん……」

アロイスがリディを求めて舌で唇を割り、彼女の中をさぐる。

リディも応えたくなって、彼の舌に自分自身のそれをからめた。

互いの熱と欲望がまざりあい、口づけはしだいに深くなり、性的なものに変わってゆく。

唇を吸いあい、舌で触れあうたびに、腰の奥にじんと甘い痺《しび》れが響く。

「おいで」

アロイスは、リディを次の間の奥にある寝室へと導いた。

4.

寝室の天蓋《てんがい》ベッドのそばまで来ると、アロイスは気まぐれに口づけをくりかえしながら、リディのドレスを脱がせていった。

コルセットも、肌着も、ペチコートも、彼女の恥じらいとともにすべて取り去られてゆく。

それから彼のほうも、着ているものをすべて脱ぎ取り、ふたりは清らかなシーツの敷かれたベッドに身をかさねるようにして横たわった。

アロイスのからだは、記憶にある幼いころのものとは当然異なっていた。

無駄な肉のついていない均整のとれた体軀《たいく》。硬くすべらかな肌。そして下肢《かし》にそそり立つものを目にして、リディは少なからず衝撃を受ける。欲望を主張するその猛々《たけだけ》しい感じ、なにものにも代えがたい存在感に、この人は男なのだとあらためて思い知らされる。

けれど彼のひきしまったからだに抱きしめられてぬくもりに包み込まれると、リディの口から満たされた溜め息が出た。

（アロイス……）

その身に彼の感触を刻みつけるかのように、リディもみずから彼の広い背に腕をまわして彼を抱きしめ返す。

昼下がりの離宮はとても静かだ。鳥のさえずりも、物音ひとつも聞こえてこない。

ベッドと暖炉があるだけの、青と白の清涼で静謐《せいひつ》な空間。まるでふたりきりで湖の底にいるかのようだ。

初夏の生ぬるい風がゆるゆると寝室にまで流れ込んできて、窓のむこうに咲き乱れるリラの花の甘い香りがほのかに漂う。

アロイスは掌《てのひら》でリディの腰や乳房をやさしく愛撫《あいぶ》しながら、首筋から鎖骨《さこつ》へ、鎖骨から乳房へとゆっくりと口づけをうつす。

甘い香りを孕《はら》んだ湿り気のある風と、アロイスの情熱的な舌に素肌をなぞられ、リディはじきに官能の溜め息をもらしはじめる。

身も心も、彼を求めているのだとわかった。これまでためらってばかりで、なにかいびつでばらばらだった感覚が、ぴたりとひとつにそろってリディのからだに火をつけた。それが、この男にこそ抱かれたいのだという純粋な欲望となって彼女を沸かせる。

からだは、彼が与えてくれる官能の悦《よろこ》びをすでに知っていた。

優しく淫《みだ》らな愛撫に応えるように愛液が溢《あふ》れ、リディはじきに彼を受け入れることができる状態になった。

「挿《い》れていい？」

アロイスは熱っぽい声で囁《ささや》きながら、潤みきった蜜口《みつくち》に彼の欲望をあてがい、その先端を沈めてくる。

「ん……っ」

はじめての衝撃に、リディはうろたえた。それは硬くて熱かった。心もからだも十分に彼を求めていたはずなのに、実際に彼のものが蜜をまとってめり込んでくると、下肢《かし》が裂けるかと思うような痛みに襲われる。

「う……」

リディは痛みのあまりに思わず腰を引きかけたが、アロイスの強い力がやんわりとそれを阻《そ》止《し》した。

「もう少しだけ我慢して」

熱く張りつめた彼のものが、奥へ侵入しようと内奥を押しわける。

リディは痛みに顔をしかめる。さっきまであんなにも気持ちよくほどけていたからだが、うそのように萎縮《いしゅく》してしまっている。けれど、彼を受け入れて、ひとつに結ばれるための痛みなのだと思えばなんとか乗りきることができそうだった。

「大丈夫だ。じきに慣れるよ。気持ちよくなれるから、もっと力を抜いてごらん」

痛みに耐えかねて目を固く閉ざしていると、アロイスの優しい声が耳の奥に響いてくる。

リディは息をとめるのをやめ、細くゆっくりと吐き出すことで痛みをやりすごす。

「リディ、おれを愛して」

アロイスはリディを楽にさせるため、優しく髪を撫《な》で、こめかみや瞼《まぶた》に口づけをくりかえす。

それはこれまでになく優しい仕種《しぐさ》で、痛みや不安を少しずつやわらげてくれた。

やがて彼が、そのまま奥深くまでぐっと硬直を呑《の》みこませる。

「ん……っ」

リディの薄桃色の唇からは、愛《いと》しいと思う相手に征服される幸福な呻《うめ》きが洩《も》れる。

（アロイス……）

彼女はせりあがってくる痛みに耐えながら、潤んだ瞳で間近に迫っているアロイスの唇をみつめる。口づけを求めるように。

アロイスは彼女がどうされたいのかをすぐに理解して、それに応えた。

下肢とおなじように密にかさなりあうふたつの唇。

深く舌をからめて淫《みだ》らに触れあえば、痛みにこわばったからだはゆっくりとほぐれ、アロイスと触れあっているところが徐々に官能の悦《よろこ》びを取り戻してゆく。

「腰、使ってもいい？」

アロイスは訊きながら、ゆっくりと彼女の中を穿《うが》ちはじめる。

からだをとおして注がれる情愛に、リディのからだは芯まで熱くなる。

「ん……」

素肌に与えられる愛撫と、アロイスのたくましいからだからじっとりと伝わってくる熱によって、リディは少しずつ痛みに慣れはじめる。

いったん引いた彼の雄芯《おしん》が、濡れた襞《ひだ》を押しわけ、ふたたびゆっくりと自分の中に入ってくる。痛みと熱をともなった圧迫に、思わず呻《うめ》き声が洩《も》れる。

それでもかすかに内壁に響く心地よさと、彼と繋《つな》がっていたいという本能的な欲望によって、雄々《おお》しい硬直を引き抜かれるたびにまたそれが欲しくなる。

「アロイス……」

痛みと快感のまざりあった状態で、リディは瞼《まぶた》をあけた。

アロイスは、彼自身でリディのからだから得られる快感を堪能《たんのう》しながら、じっとこちらを見下ろしている。

ふたりの視線が間近でからみあう。

深くて美しいアイスブルーの瞳。そこに潜む欲望と情熱に魅了されて、リディのからだはかつてないほどに心地よい高揚感《こうようかん》に包まれる。

「ああ……気持ちいいよ、リディ……」

吐息とともに甘く吐き出される声が、下肢から這《は》いのぼってくる快感とないまぜになってリディアの官能を煽《あお》る。からだの深いところから、彼を求めて愛液が溢れ出るのがわかる。彼の欲望に応えるかのように。

「だれとしているのかわかってるか？　いま、きみの中に入っているのがだれのか聞かせてよ」

アロイスが、彼の欲望を奥深く呑《の》みこませながら熱い声で訊いてくる。

「ん……、アロイ……スの……」

リディが頬を染めながらもその名を口にすると、彼のかたちのよい唇が満たされた笑みをつくる。この瞬間を、まちわびていたように。

「もっと、おれの名前を呼んで、リディ」

アロイスが、彼自身に貫かれて火照《ほて》ったリディのからだをかき抱いてねだる。

「アロイス……」

「もう一回だ」

耳元で羽根が触れるようなやわらかな囁《ささや》き声に促されて、リディはふたたび彼の名を呼ぶ。

そうして名を口にするだけで、からだが甘い感覚に包み込まれる。

髪を撫でながらこちらを愛《いと》おしげに見つめていたアロイスが、その唇を塞ぐ。

なんど交わしても飽《あ》き足りない。愛をわかちあうための自然で優しい口づけ。

それからアロイスはリディの太腿《ふともも》を持ちあげるように手で押さえ、体位を少し変える。

挿入の角度が微妙に変わり、彼の欲望によってまたあらたな性感を拓《ひら》かれる。

「ん……っ」

突き込みが深い。彼はリディの知らない場所をゆっくりと穿ち、愛液を溢れさせるところがどこなのかを教えてくる。

「あ、そこ……は……、や……めて……」

リディの口からか細い声が洩れる。奥深くを穿《うが》たれるたびに、なにか強い快感が生まれる場所がある。下肢を甘くわななかせるところ。

「ああ、わかった。ここがきみのいいところなんだろう。おれも……すごく気持ちいいよ」

アロイスもリディが与えてくれる快感を堪能《たんのう》し、低い声でなまめかしく呻《うめ》く。

互いの手のひらだけでなく、うなじや背中までがじっとりと汗ばんでくる。

より熱く硬くなった彼の欲望が、彼女の内奥を押しひろげて何度も突きあげる。

「はぁ……、あぁ……、あ……んっ……」

そこからは泉のように快感が溢れて、彼女のからだを甘く痺れさせる。

「……好きだよ、リディ。……きみの過去も未来も、すべてが欲しい。おれが先に生まれて、きみと結ばれたかった。こんなかりそめの関係ではなく――」

アロイスがリディのからだを抱きしめてせつなくかすれた声で告げる。仕草でその気持ちを伝えるかのように優しく髪を愛撫しながら、間近で視線をからませてくる。いつもは冴え冴えとしている彼のアイスブルーの双眸《そうぼう》が、いまは熱情を孕《はら》んで青く濡れているような感じがする。

「リディ……、おれにはきみしか考えられない……」

注がれるひたむきなまなざしに、リディの胸は痛いくらいにしめつけられる。

この男の心を見ることができるのだとしたら、いま、この瞬間なのではないか。

「ああ……アロイス……」

リディは下肢からこみあげるとめどない快感とその視線に酔わされて、深く熱い溜め息を吐き出す。

このまま時間がとまってしまえばいいのに——。

瞳を閉ざしたリディの脳裏《のうり》に、自分を支えてくれた数々の言葉がまたたく。

それらのおかげで自分を保っていられた。それを与えてくれる男と未来を生きていきたかった。ずっとそのつもりでいた。

リディは眼をあけ、彼をまっすぐ見つめ返し、自らの胸にうずくまる情熱を吐きだそうとする。伝えて楽になりたい。からだに触れられて、愛をささやかれるたびに、必死に見ないふりをしてきたけれど、もうどうしようもなくて伝えずにはいられない真実を。

「アロイス……、わたしも……」

わたしも、あなたのことが好き——。

しかし喉元《のどもと》まで出かかったその言葉を、なぜかアロイスが口づけて封じ込めてしまう。

唇を塞《ふさ》がれたリディは、そのまま眼を伏せる。

口にしてはならないことなのだと、そうされてはじめて気づいた。自分はレオナールに嫁《か》す身なのだ。そして彼もそのことをわかっている。

わかっているくせに、激しく求めてくる。

彼の舌がすべり込んできて、リディの口腔《こうこう》をゆっくりと蹂躙《じゅうりん》してゆく。彼はリディの心などとっくに見抜いている。もしかしたら、彼女自身が気づくよりもずっとまえから。

決してだれにも知られてはならない秘めやかな熱情が、ふたりのあいだで燃えあがる。

言葉の代わりに、唇と舌でそれを伝えあう。

彼女は幸福な痛みと快感の渦《うず》にのまれながらも、せつない溜め息を吐き出す。

ふたりでするこの行為は、なにもまちがっていないと感じるのに。

自分たちは結ばれる運命にはないのだ。

からみあわせた互いの手が、じっとりと汗ばんでくる。深く繋《つな》がるからだから、濃密になった熱気がたちのぼる。せつなさと欲望のはざまで、なにもかもがどろどろに蕩《とろ》けあってひとつになってゆく。

「ああ……気持ちよすぎて……からだが蕩けてしまいそうだ……」

アロイスがリディの中の怒張をいきりたたせながら、吐息まじりの熱い声でつぶやく。

痛みしかなかったはずの彼女のからだはいまやすっかりと彼になじんで、官能の悦びに熱く沸いている。

「あぁ……、わた……しも……、はぁ……、ん……っ……」

彼の欲望がくりかえし内奥を押しあげる。そのたびにえもいわれぬ快感の波がリディの下肢を襲う。

一度だけなんていやだとリディは思う。

この男にならば、何度でも愛されたいのに。

ここでしか許されない。このだれも来ない、湖の底のように静かな閉ざされたふたりきりの世界でしか——。

もう一度、甘くて深い、目のくらむような濃密な口づけをひとしきりかわし終えてから、アロイスはリディの下肢を抱いてふたたび腰を遣いはじめる。

「はぁ……っ……はぁっ……んっ……あぁ……あぁっ……」

彼にさぐりあてられた快感の泉を突き込まれ、濡れたリディの口から、ふたたび淫《みだ》らであえかな声がこぼれだす。

彼のものがうちつけられるたびに、濡れた花芯《かしん》までもが一緒にこすりあげられて、強い快感が下肢に迸《ほとばし》る。

「ん……、もっと……、もっとして……、アロイス……」

リディは乱れた息のあいまに熱い声でせがむ。

禁を犯しているのだと思うとよけに煽《あお》られる。なんて罪深いからだなのかしらとリディは怖くなる。胸は良心に苛《さいな》まれてぎりぎりと締めあげられるのに、からだは彼を求めて感じてしまう。この身が罪に染まって、地獄の底に堕《お》ちるのを望んでいるかのように。

乱れのなかったアロイスの息も、しだいにあがりはじめる。激しく腰をうちつけて愛を注ぎながら、同時に肉体の愉悦《ゆえつ》を貪《むさぼ》る。

リラの甘い香りとふたりのあいだの熱気が混ざりあい、あたりには官能的な香りが満ちる。

「リディ……、すごく気持ちいいよ……、もういきそうだ……」

アロイスが熱っぽい目でリディを見つめながら、快感に酔った艶《つや》やかな声で告げてくる。彼の果てが近い。それを知って、リディはますます高揚《こうよう》する。

「ん……っ……、んぁ……っ……あぁっ……んっ」

快感にゆすられ、深いところでひとつに蕩けあってゆく感覚にはめまいがしてくる。

「中に……出すよ……」

アロイスが吐息まじりの艶めいた声で告げる。

くりかえし与えられる快感の波にたゆたっていたリディは、はたと我に返る。

「だ、だめ……よ……、アロイス……」

子ができてしまうかもしれない。そのくらいの知識はリディにもある。

「おれは……きみの中でいきたい。……このまま……いかせて……」

アロイスは腰を遣ったまま、甘く濡れた声でねだってくる。

「あ……ん……っ、や……、だめ……っ……」

口では彼を拒んでいても、からだは求めているような感じがする。ちぐはぐな感覚をもてましているうちに、腰をうちつけてくるアロイスの勢いと重みがいっそう増す。

快感に呑《の》まれたリディも、とても引き返せる状態にはなかった。

「ああ、いく……っ」

ついに彼が呻《うめ》くように告げると、リディの中にどくどくと吐精《とせい》し、熱い飛沫《ひまつ》が彼女の内奥に勢いよく注ぎこまれた。

身籠《みごも》ったらどうなるのだろうという不安が脳裏《のうり》をよぎった。

けれど後悔はなかった。愛《いと》しい人の精をその身に受けるのは、なんとも幸福な感覚だった。

たとえいっときでも彼と結ばれ、彼のものになったのだという感じが味わえたからだ。

欲望をすべて放ち終えてしまったアロイスが、荒い息を吐きながらリディに身をあずけてくる。

火照《ほて》ったからだから、じっとりと熱が伝わってくるのを感じながら、リディは彼の広い背に腕をまわす。自分を愛してくれた男の存在をたしかめるかのように。

アロイスがリディの髪を指のすき間にからませて、慈《いつく》しむように撫《な》で返してくれる。

男らしい大きな手。

逃れようとするたびに、この手に手首をつかまれ、ふり返れと迫られた。

手紙を書いたのがこの男だったのがいけなかったのだ。自分が恋をしていたのは、その手紙を書いてくれた相手なのだから。

どうしよう。

秋にはレオナールと結婚しなければならないのに。

どれだけ惹《ひ》かれあっても、決してこの男と結ばれる運命にはないのに。

リディは彼のからだの熱と重みを受けとめたまま、良心に苛《さいな》まれて濡れた瞳を閉ざす。

もうあとに引き返すことができない――。

第四章　罪と罰のむこうに

1.

一度だけだという約束は反故《ほご》になった。

リディのほうも彼を求めてしまったからだ。

彼女はひそかにアロイスと約束をとりかわし、決まった日の決まった時間に、離宮の一室で彼との逢瀬《おうせ》をかさねた。

レオナールを裏切ることに対する罪の意識はすさまじかったけれど、それに苛まれてでもアロイスとの時間が欲しかった。レオもイレーネと愛しあっているのだから。その事実が、リディにとっての免罪符《めんざいふ》になっていた。

離宮の一室に籠《こも》ってしまえば、ふたりを邪魔するものなどなにもなかった。

その湖の底のような閉ざされた空間で、リディはレオナールに嫁ぐ身であることを忘れてドレスを脱ぎ捨て、アロイスと愛を囁《ささや》きあい、倦《う》むことのない性の享楽《きょうらく》をむさぼった。

すぐそこに、終わりが迫っていることも知らないで――。

午後の陽射しは、薄いレースのカーテンで遮《さえぎ》られている。

離宮にはだれもいない。ただ、窓のむこうに薄紫のリラの花が咲きほころび、甘い香りを放っているだけだ。

天蓋《てんがい》ベッドのわきには、リディの淡い桃色のドレスとアロイスの衣服が脱いでうち捨てられている。

室内にはときおり、リディの素肌を愛撫《あいぶ》するアロイスの唇の濡れた淫《みだ》らな音が響く。

その日のアロイスは、驚くほどに静かだった。いつもなら官能を煽《あお》るいじわるなせりふを次々と投げかけてリディを夢中にさせるくせに。

つっと乳房の頂《いただき》を指先でなぞられて、ぴくんとリディの肩がはねる。

無言なのも、かえってそそられる。次はなにをされるのかと肌が、秘所の媚壁《びへき》が、彼の動きをまってさざめく。

リラの香りを孕《はら》んだ初夏の風が天蓋の薄紗《はくさ》をゆらし、リディの素肌をゆるやかに撫でる。それすらも官能を呼び覚ます刺激となって、彼女の甘い溜め息を誘う。

「きれいだよ、リディ。きみの肌がおれにすんなりとなじんでくる。抱かれるためにあるからだみたいだ」

アロイスはたったいまはじめて彼女と行為に至るかのようにしみじみとつぶやきながら、そのからだを愛《いと》しげに抱きしめる。

いつもこうだ。彼はここで会うたびに、リディのからだを飽きることなくすみずみまで愛してくれる。

「アロイス……」

淫らで情熱的な愛撫に胸がいっぱいになって、リディは彼の首に腕をまわして抱きしめ返す。かさねた素肌のぬくもりに、ひとときり限りの安堵《あんど》をおぼえる。この人を愛し、愛されているのだという実感が、からだのすみずみにゆきわたる。

「リディは胸章がなくてもわかるんだな、おれがアロイスだと」

アロイスが、リディの栗毛の髪を指にからませながら愛《いと》おしげに告げてくる。

そういえば今日は、それを身に着けていなかっただろうか。

「ええ。わかるわ。あなたはアロイスよ」

リディは確信しながら返す。アロイスには鎖骨《さこつ》のあたりにひとつ、ごく小さなほくろがあるのだ。小さいころ川遊びのときに気づいたもので、これがふたりを見分ける手段になるのだとひそかに思った覚えがある。

いかに瓜二《うりふた》つの容姿をしていようとも、ほくろの位置まではおなじにはならない。

「嬉しいよ、リディ」

アロイスがリディの耳朶《じだ》に口づけを落とす。

彼のいたずらな舌遣いと巧《たく》みな指戯《しぎ》のせいで、リディのからだはじきに彼が欲しくなり、甘い溜め息のうちにふたりは結ばれた。

互いの熱い息遣いと、思わずこぼれる彼女の甘い声だけが、静かな寝室になまめかしく響く。

「……今日は……静かなのね……、アロイス……」

リディは彼のゆるやかな律動に身をゆだねながら、吐息まじりにつぶやく。意識はなかば、下肢《かし》を出入りしている彼の熱い硬直を感じるほうに集中している。

「いつものおれは……どんなふうなんだ……?」

おなじように、彼のほうも肉体の愉悦《ゆえつ》に酔いしれながら訊いてくる。

「ん……、もっと……いじわるを言いながら……わたしに触れるわ……」

彼自身が媚壁に与えてくれるゆるい快感の波にたゆたいながら、リディは頬を染めて返す。苛《いじ》められている自分を思い出すと恥ずかしいけれど、なぜかそれだけでからだが熱くなって秘所がいっそう濡れてくる。

「どっちのおれが好き?」

「……どっちも……好き……」

頬を染めて告げたリディは、罪悪感に苛《さいな》まれて窓の外に眼をうつす。

彼女の灰色の瞳に映るのは、美しく咲き乱れるリラの花だ。昔、レオナールとアロイスとシルヴィアの四人であの花のなかに幸せをさがして遊んだ。無邪気で、なんの悩みもなくて、のびのびと笑いながら。

あのころ、こんなにもせつない愛を囁《ささや》きあうことになるなんてだれが想像しただろう――。

するとアロイスがふっと笑った。どこか不穏な色を孕《はら》んだ目をして。

「わかってないな、リディアーヌ」

熱のこもったまなざしでリディを見下ろし、硬直でぐっと奥深くを突き込みながらつぶやく。

――わかっていない？

深い快感に翻弄《ほんろう》されながらも、リディはけげんに思って彼に眼を戻す。

すっかりと濃密になった気配の中で、ふたりの視線がゆったりとからむと、アロイスが不敵な笑みをうかべ、甘い声でまちかねていたように告げる。

「僕はレオナールだ」

リディは耳を疑った。ひやりと肝《きも》が冷える。

「うそ……」

アロイスではなく、レオナール？

快感に沸いていたからだから、みるみるうちに血の気がひいてゆく。

レオナールは絶句するリディにかまわず、ひき続き彼女の奥深くを思わせぶりに突きあげてその感触を愉《たの》しむ。

せりあがってくる彼自身におののき、快感と驚愕《きょうがく》のはざまでリディがひっと息を呑《の》む。

「レ、オ……？」

「そうだ」

「うそ……」

「うそじゃない」

アロイス——否《いな》、レオナールの美貌《びぼう》に冷たい笑みがのぼる。

「……んっ……、騙《だま》したの……」

衝撃に目をみはったまま、下肢を攻められながらリディがつぶやくことができたのはそれだけだ。

レオナールはそういう彼女を見て、なぜかますます興奮したように笑みを深める。

「すまない。きみがアロイスに抱かれているときどんなふうになるのか見てみたかったんだ」

レオナールはいったん腰を遣うのをやめ、リディの髪に手を差し入れて優しく撫《な》で梳《す》きながら言う。

これが、レオナールですって……？

リディは間近に迫ったアロイスと生き写しの美貌《びぼう》に唇をわななかせ、のろのろとかぶりをふった。

「うそだと言って……」

「うそなんかじゃない。僕はレオナールだ」

だって自分を抱く腕は、この逞《たくま》しさもあたたかさも、アロイスとなにもかわらないではないか。そういえば、鎖骨のそばにあるほくろは――。

さっきたしかに確認したのに。リディはそこに目をやってもう一度たしかめる。

やっぱりそれはアロイスとおなじ位置にある。

彼女の視線を追ったレオが、ふっと淡い笑みをうかべて答える。

「アロイスといつでも入れ替わることができるように、おなじ場所に刺青《いれずみ》を入れた。もう何年も前の話だ」

レオナールの声は凪《な》いでいる。なぜか、彼に怒りの感情はみられない。それが逆に怖い。

繋《つな》げられたままの彼の一物が、リディの中で異様に異物感を増す。

「どうして、ここがわかったの……」

自分とアロイスの密会を、どう知ったというのだろう。ほかにこの関係を知る者はシルヴィアだけだ。

彼女には、離宮での逢瀬をはじめたころ、良心の呵責《かしゃく》に耐えきれなくてひそかに悩みをうちあけた。幼いころから自分たちをよく知る彼女は、この恋の相談にはうってつけの相手だった。

あとは、この離宮の部屋係くらいのものだ。

「アロイスに抱かれて、日に日に女らしい艶《つや》を増してゆくきみに、僕が気づかないとでも思ったかい。会うなと禁じられれば、よけいに会いたくなって想いは募《つの》る。人間なんてそんなものだ。今日はたまたまアロイスに急用ができて来られなくなった。その伝令をまかされた従僕に、僕が声をかけたんだよ。知らせは届けなくていいと」

レオナールは淡々と答える。ここに来られなくなったアロイスの代わりに、レオナールがやってきたというわけなのだ。おそらく真実をたしかめるために。

彼はふたたびリディを覆《おお》うように身をかさねて腰を遣いはじめる。

「どうしたんだ、さっきみたいに喘《あえ》がないのかい？　僕はすごく気持ちいいよ」

リディの耳元に口づけを落としながら、欲情もあらわな甘い声で囁《ささや》く。

「だって……、んっ……、そんな……」

どうしていいかわからない。てっきりアロイスだと思って、おとなしく抱かれていた。まさかレオナールだった、彼になにもかも知られてしまっていたなんて。

「や……っ……、やめて……」

リディはまだ、アロイスが自分を困らせるために冗談を言っているのだと言ってほしくて、間近に迫った彼のほうを見る。

どれだけ奥深くを穿《うが》たれても、もう彼女の下肢からは、もはやすっかりと官能の悦びが失われている。

「心配するな、リディアーヌ。そうやって混乱しているきみが、僕はたまらなく愛《いと》しい」

レオナールはリディの髪を撫でながら、熱を孕んだ溜め息まじりの声で告げる。

「愛しいですって。そんなの嘘よ！」

とっさに口をついて出てきた言葉に、リディは自分でも驚いてはっと口元を押える。

レオナールはさすがに身動きするのをやめて、繋《つな》げていた下肢をはなした。

「どうして嘘だと？」

口をとざして固まってしまった彼女の声を引きだすようにおだやかにたずねてくる。

「だって……あなたはイレーネと……」

この状況で彼女のことをひきあいにするのは卑怯《ひきょう》だとわかっていながらも、優しく問われれば脳裏《のうり》に浮かんだことが口をついて出てきた。イレーネとの仲をとやかく言える立場でもないのに。

「イレーネがどうかしたかい？」

レオナールは落ち着いた声音《こわね》のまま先をうながす。

「あなたたちが……キスをする間柄なのだと知っているわ……」

リディが混乱したまま震える声で訴えると、レオナールがわずかに眉《まゆ》をひそめる。

「そうか。きみは見ていたんだな。夜会のときのあの面倒な出来事を――」

面倒な出来事？

レオナールには、不義がばれても焦るようなところがまったくない。

「僕と彼女を見て傷ついたかい？」

彼はリディの頬に触れながら、静かに訊いてくる。

包み込むような優しいまなざしで見つめられて、リディは喉がつまったようになる。それから、だしぬけに目の奥が熱くなって、じわりと眦《まなじり》に涙が溜まる。

「傷ついたわ……」

リディは涙ぐんでいる自分自身に戸惑いながら、弱々しい声で返す。

知らなかった。こんなふうに涙を滲《にじ》ませて彼を責めるほどに傷ついていたなんて。自分だってレオナールを傷つけているくせに。なんて身勝手なのだろう。

リディは自分がわからなくなって混乱する。やっぱりレオナールのことを想っていたのだろうか。アロイスのことを愛していたはずなのに。こんなどうしようもない状況に陥《おちい》った自分に耐えられなくなって、胸はますます苦しくなるばかりだ。

「すまない、リディアーヌ。……だがイレーネのことなら心配しなくていい。僕は彼女のことなどまったく愛していない。あれは単なる事故みたいなものだ」

レオナールはこぼれそうになったリディの涙をそっと指で拭《ぬぐ》いながら、なぐさめるように言う。

「事故……？」

「そう。彼女は僕らの弱みを握ってしまい、それをネタに揺すられた。それで仕方なく彼女のいうとおりにしているだけなんだよ」

「揺すられた……？」

不穏な言葉にリディは眉をひそめる。

「僕らの弱みとはなんなの？」

「イレーネの父、フォーコニエ伯爵は、表向きは国教会派だが、実はシャントルイユ枢機卿《すうききょう》の手先なんだ。それで彼女は、アロイスが枢機卿と手を組んで王位を狙っていることを偶然に嗅《か》ぎつけた」

実際、アロイスは狙うふりをしているだけだが。

「彼女はそれを僕に訴え、手を打つよう迫りながらも、アロイスの裏切りをネタに僕を脅した。売国行為をはたらく弟を世間に晒《さら》されたくなかったら、自分と逢《あ》ってくれと。父から得た情報も流してあげるからと」

イレーネはレオナールに好意を寄せていて、気持ちに応えてくれるのを期待しているのだという。みずから駆け引きをもちかけるとは、したたかな女である。

「夏至祭《げしさい》は近い。枢機卿の目論《もくろ》みを確実に暴くチャンスを控えたいま、彼女によけいな邪魔をされて波風をたてられては困る。だから僕は仕方なく彼女の要求に応じた」

からだの関係にはもちこまない純愛ごっこでごまかしている、枢機卿を失脚させるまでの辛抱《しんぼう》なのだとレオナールは言う。

「信じてくれ、リディアーヌ。……僕がほんとうに守りたいのはきみとアロイスだけだ。そのためなら、好きでもない女と口づけをするくらいどうということはない」

レオナールは残酷《ざんこく》なほどにきっぱりと言いきる。

「わたしとアロイス……?」

彼の名が出たことに、リディはさらに驚く。皮肉で言っているわけではなく、純粋にアロイスのことを想っているふうだ。

リディは弱々しくかぶりをふる。理解ができない。この状況で、アロイスを守りたいだのと。嫉妬《しっと》するのがふつうではないのか。

しかし彼は、リディの動揺《どうよう》を落ちつけるために淡く笑みながら続ける。

「きみはなにも悩まなくてもいい。僕のために、心を痛める必要もない」

「どうして……」

「言ったとおりの意味だよ。きみはなにも悩まないで、ただ僕とアロイスに愛されていればいいんだ」

彼のあたたかい手が、動揺《どうよう》するリディの髪をあやすように撫《な》でる。

「僕とアロイス……?　ふたりに……?」

そう言われても、すんなりと頷《うなず》くことなどできない。どうしてふたりからなのだ。

「わたしは……、あなたを裏切って、アロイスと身をかさねたのよ」

それなのにレオナールは泰然《たいぜん》とかまえている。あまつさえ、アロイスに愛されていればいいなどと言って――。

（レオがなにを考えているのかわからない……）

レオナールは、混乱して固まってしまったリディのこめかみに優しく口づけて囁く。

「愛してるよ、リディアーヌ。この世界でだれよりも」

しっとりと欲情に濡れた、それでいて真摯《しんし》なものを孕《はら》んだ声音《こわね》。それはたしかにレオナールのものだ。

彼はふたたびリディの太腿《ふともも》をつかみ、腰を落として下肢を繋《つな》げようとしてくる。

「あ……、やめて」

彼の欲望が蜜口《みつくち》をかすめ、リディは思わずあとずさった。このままレオとすることなんてできない。

けれどレオナールは、逃げるリディの腰をとらえて、すっかり萎縮《いしゅく》してしまったそこに強引に屹立《きつりつ》した尖端を沈めてくる。

次の瞬間、彼女の秘所はふたたび一気に貫かれてしまった。

「ん……っ」

秘所そのものは潤みを残していても、リディ自身が彼を拒《こば》むために、不快な摩擦《まさつ》が生じる。

「痛むのか。もっとからだの力を抜いて。ほら、ここをさわってあげるから僕を感じて」

レオナールは、顔をしかめているリディと自分の結合部に指を這《は》わせる。

「あ」

蜜口に溢《あふ》れていた愛液をすくって花芯《かしん》に撫でつけ、ぬめりを帯びたそれをなぞるように愛撫《あいぶ》されると、失われていたはずの性感がまた高まりはじめてからだが火照《ほて》ってくる。

「ああ、愛《いと》しいリディアーヌ……、もっときみを愛させて」

レオナールは耳元で囁《ささや》き、耳孔に舌を這わせてくる。

「や……、いや……」

リディはからだの芯にぞくりと甘い痺《しび》れが走るのを感じる。

レオナールの指が、敏感になってきた花芯をたしかめるように押しまわす。

「ん……、んぁ……っ、だ……め……っ。やめて……レオ」

内奥はすでに熱く太いものに圧迫されているから、花芯をこねまわされれば、そこは快感を求めて疼《うず》きはじめてしまう。

「いやよ。……どうして……」

リディは自分自身のからだに戸惑う。

この人はアロイスではないのに。

これまでレオナールのしてくることに甘く反応したことなどなかったのに。

からだはそのアロイスに負けず劣らずの指戯に悦《よろこ》んで、淫らな蜜をとめどなく溢れさせてしまう。

「ああ、また濡れてきたよ、リディアーヌ。そのまま僕を感じて」

レオナールはうっすらと笑みながら、ゆるやかに腰を遣い、熱い硬直でリディの官能をいやおうなく刺激してくる。

「は……ん……っ、いや……、んっ、そこ、さわっちゃ……、あぁ……っ」

リディは指で弄《いじ》られる花芯と、内奥から湧き起るどうしようもなく気持ちのよい感覚に悶《もだ》え、無意識のうちによがって腰をうねらせてしまう。

「ああ……、僕もすごく気持ちいいよ、リディアーヌ。……僕はきみをこんなふうに抱ける日をずっとまっていた。……アロイスに先を越されたのはおもしろくないが、あいつが相手なら問題はない」

問題はないの……？

リディはその発言が理解できなくてますます困惑する。

「僕をアロイスと思って、もっといやらしい声を聞かせてよ」

アロイスと思って――？

「いやよ、レオ……、どうして……、なにを言って……」

なんて残酷《ざんこく》なことを言うのだろう。リディに対しても、彼自身に対しても。

まるで罰を与えるかのように。

（これは罰なの……？）

いや、そうではない。

いつか、アロイスにもおなじことを言われた。レオと思って抱かれろと。あのときのアロイも、いまとよく似た表情をしていた。どこか倒錯《とうさく》したような、危うく艶めいたまなざし。

「いや、いや、やめて、レオ……こんなこと……おかしいわ……」

リディは快感に追いたてられながらも、おびえたように首をふる。艶やかな栗色の髪が、乱れてシーツにひろがる。

「でもからだは僕を求めている。……ほら、こんなに濡れて……僕のを締めつけてくる」

レオナールは逃れようとするリディの腰を押さえつけ、猛《たけ》る欲望でゆっくりと抜き差しをくりかえしながら彼女を攻めたてる。深いところをくりかえし穿《うが》たれて、リディのからだのこわばりはなし崩しにほどけ、燃えあがるように熱くなってしまう。

「アロイスはきみになにを教えた？　この部屋でたくさん愛しあったんだろう。どうされるのが一番好きなんだい？」

レオナールは言いながら、湧きはじめたリディの秘所からいったん彼のものを引きずりだし、彼女を腹這《はらば》いにさせる。

「こんな体位までは、まだ教わっていないだろう。リディアーヌ？」

彼がリディの腰をつかみ、臀部《でんぶ》を高くあげさせて四つん這いを強《し》いる。

「ひ……っ、な、なに……」

リディは動物的で野蛮《やばん》な感じのするその格好に恥ずかしさと不安をおぼえて、小さな悲鳴をあげる。栗毛の髪が細い肩からさらさらとこぼれる。

「安心しろ。ちょっとうしろからするだけだよ」

レオナールは淫靡《いんび》な笑みをはいて、焦れて熱くなった秘裂《ひれつ》に欲望の尖端をあてがう。

リディの蜜口に熱い塊《かたまり》が迫り、与えられる快感をまってヒクリとそこが震える。

彼はそのままゆっくりと雄芯《おしん》を沈めてくる。

「ん……っ」

正常位とは異なる挿入位置に、押しわけられた媚壁《びへき》がわななく。

「奥まで挿《い》れるよ？」

「あんっ」

熱い欲望に背後から貫かれて、リディはびくりと背をのけぞらせる。

レオナールはいったん引き抜いた硬直を、間髪《かんはつ》をいれずにぐっと沈めてくる。その行為を、何度かなめらかにくりかえす。

「はぁ……っ、はぁ……っ……、あっ……、んんっ……」

あたらしい官能の悦びがリディを襲う。これまで知らなかった場所に彼のものが届き、ふつうに抱かれるときよりも支配されている感覚が強まる。

「ああ、たまらないな……、きみのここは……気持ちよすぎる……」

レオナールはしだいに腰の動きを激しくし、欲望を彼女の奥深くに打ちつけて、リディのからだが与えてくれる快感を思う存分に堪能《たんのう》する。

「あ……、あん……っ、そんなに……突いちゃ……、いや……っ」

こんなふうに組み伏せられて絶え間なく突き続けられると、獰猛《どうもう》な獣の餌食《えじき》にされたような心地になる。そしてそうされることが心地よいことも思い知らされてしまう。互いのからだがぶつかりあうはしたない音に、かえって興奮さえしてしまう。

この人は、アロイスではなく、レオナールだというのに。

「あ……んっ……、もう……やめて……、レオ……、おねが……い……っ……」

あらたな快感と羞恥《しゅうち》に混乱してめまいさえしてくる。

「たくさん感じてるくせに、どうして嫌がるんだ、リディアーヌ。もっといじわるな言葉で苛めてほしいのかい？　アロイスみたいに？」

レオナールは吐息の合間に優しい声で問いながら、逃げ腰のリディを硬直で何度も何度も攻めたててくる。

「ん……っ、ちが……っ……」

「僕はアロイスとちがって……静かにするのが好きなんだ。……だって、こんなに気持ちいいんだから……言葉なんていらないだろう？　……キスだってしなくてはいけないのに」

そう言ってレオナールは、身を屈めてリディの背中に口づけを落とす。

「あんっ、……だめ」

敏感になった素肌が、彼の唇になぞられてさざめく。

熱い彼の欲望で内壁がこすられるたびに、愛液が迸《ほとばし》って結合部が潤んでしまう。

「ん……、いや……っ、んっ……ふ……ぅうっ……、あ……ん……っ」

抗《あらが》う言葉とはうらはらに、内奥を満たす強い快感にリディはますます悶える。突きあげられるごとに増してゆく快感に負けて、つい甘い声が洩れてしまう。

「それがきみのよがり声か。……すごく甘くてそそられるな。……もっとたくさん出してくれよ」

レオナールが腰遣いを荒くしながら欲情した声でねだってくる。

密着した互いの汗ばんだ肌が官能をゆさぶる。すぐうしろに迫った彼の熱と息遣いが。

アロイスとなにも変わらない。彼としか思えないほどに似ている気配に、そしてこの身に刻み込まれた官能の記憶に翻弄《ほんろう》されてからだが反応してしまう。

「ここもさわって気持ちよくさせてあげようか？」

レオナールが背後から覆いかぶさるような体勢のまま、腰を抱いていた手をリディの秘所に伸ばし、濡れて疼いている花芯にくちゅりと触れる。

「は……はぁ……あン……っ……んんっ……」

花芯に与えられる愛撫が、背後からの刺激とないまぜになって強い快感を生みだす。

感じまいと気を張っても、快感を知っているからだは言うことを聞いてくれない。

「ん、んんっ……、だめ、レオ……、そこ……さわったら……あぁ……っ、……ンンっ……いっちゃ……う……っ」

リディは四つん這いのまま腰を震わせ、せりあがってくる快感の波に耐える。

「もう気をやることまで覚えたのか。アロイスの手ほどきで？　いやらしい女だな、リディアーヌは」

レオナールは熱っぽい声で煽《あお》りたててくる。

温厚だと思っていたレオナール、けれど、いまは欲望をむき出しにしてリディを苛めて愛す。それはちょうど、無理やりアロイスが手を出してきて、リディをその気にさせてしまうときの強引さを彷彿《ほうふつ》とさせた。

理知的で冷静なレオナールと、気まぐれで奔放《ほんぽう》なアロイス。対照的に見えるけれど、ふたりは根本的にはおなじ性質の人間だ。それぞれが、まわりの人々のために人格をわかりやすく演じ分けているだけのように思える。

その証拠にこうして眼を閉ざしてしまえば、その気配さえもそっくりで、相手がどちらなのか見分けがつかない。かつてのアロイスとおなじだ。やはりふたりは、本質的にはなにも変わらない。

自分を愛してくれるふたつのおなじ顔。注がれるおなじだけの愛情。

「やめて……だめよ……」

この人はアロイスではないのに、からだは与えられる官能の悦《よろこ》びに応えてしまう。彼が望むとおりに。

リディは、レオナールがもたらす官能の甘い波からなんとかして逃れようと、下唇を血が滲《にじ》むくらいに強く噛《か》みしめる。

それなのに彼は、いっそう激しく腰を遣って彼の欲望を奥深くに咥《くわ》え込ませてくる。

「やん……っ。んんっ……、あぁ……んっ……ああっ」

花芯を愛液まみれの指でクチュクチュと捏《こ》ねまわされて、脳髄《のうずい》がしびれるような快感がくりかえし波のように押しよせる。

やめて、混乱する。わたしが愛しているのはいったいどっちなの？

答えを出せないまま、リディは感覚のすべてをレオナールに奪われて、彼の行為に流されてゆく。

「あ、ああ、ああっ……だめ……、レオ……」

波のように押しよせる、とめどなく気持ちのよい官能のうねり。花芯と内奥を同時に刺激されて、羞恥と快感に混濁《こんだく》した意識の中、ついにリディは快感の極《きわ》みに達してしまう。

「あぁん……——っ」

ビクンビクンと内奥が収縮して、媚壁が快感をむさぼろうとする。からだが芯から蕩《とろ》けだしてしまうような甘い感覚が、一気に下肢《かし》から脳髄《のうずい》に抜けてゆく。

こんなはしたない格好で。レオナールのものに支配されながら。

「ああ、僕も……いきそうだ……」

花芯から手をひいたレオナールが、彼女の腰をつかみなおし、息を乱した熱い声で告げる。

すでに絶頂をむかえたリディのそこは濡れに濡れて、淫らな音をたててレオナールの欲望を貪欲《どんよく》に迎え入れる。

やがてレオナールが低く呻いて、彼のものがリディの中からずるりと引き抜かれたかと思うと、それを臀部《でんぶ》に押しつけたような状態のまま、どくどくと吐精《とせい》した。

白濁《はくだく》の精がリディの背にまき散らされる。

「——はぁっ……はぁ……」

リディは、身の内に疼く快感の残滓《ざんし》をもてあまして乱れた息を吐き出す。

レオナールも官能を満喫《まんきつ》した深い息をつきながら背中からリディのからだを抱きすくめ、ふたりは身をかさねたまま、ベッドに腹ばいになる。

リディは自分で自分がわからなかった。愛しているのはアロイスのはずなのに、なぜレオナールに感じてしまうのか。それになぜレオナールがアロイスとおなじように自分を愛せなどとせがんでくるのかも。

けれど性の快楽の淵《ふち》に落とし込まれたばかりのいま、それらを追及する気にはなれない。

レオナールのぬくもりとからだの重みを背中に受けながら、リディのからだはゆっくりと弛《し》緩《かん》してゆく。

互いの鼓動だけが、ただ早鐘のように鳴り続けている。

リディの複雑な胸中を察してか、彼女から身をはなしたレオナールが彼女のからだをあおむけに戻してくれ、優しく唇をかさねてくる。癒《いや》すようなあたたかい口づけだ。抱いた女を慈《いつく》しむように。

「愛してるよ、リディアーヌ……」

レオナールはリディの頬を熱い手で包み、強引に抱いたことを詫《わ》びるような優しい声で告げる。愛してる——その言葉は、やけにリディの胸に深く響いた。

互いの熱と官能的な香りに包まれたまま、彼女は無言のまま瞳を閉ざす。

イレーネのことは誤解だった。彼らは愛しあってなどいなかった。その事実は、思いがけず強くリディの胸をうった。

たしかに眼を見ればわかる。深いアイスブルーの瞳に濁りはない。この男が注いでくれるのも、本物の愛情なのだ。アロイスとおなじように。

「レオ……」

リディは彼の心を知って、どうしていいかわからなくなる。

ただ、ぬくもりを求めて身をゆだねてくる彼を、惑いながらも抱きしめ返すことしかできなくなる。

2.

夏至祭《げしさい》の時期がやってきた。

アルデンヌ国では夏至の日をはさんで、前夜祭と後夜祭が各地で催《もよお》される。

街のそこかしこに祭りを祝う人だかりができて、三日間にわたって国中がお祭り騒ぎに沸くのだ。

前夜祭となるその日、王宮の庭でも、貴族諸侯を招いての祝宴がひらかれていた。

アロイスの情報によれば、この夏至祭の最終日に王太子暗殺計画が実行されることになっているのだが、万が一に備えて、会場には初日のこの日からひそかに厳戒態勢が敷かれていた。

貴族に扮《ふん》した宮廷警吏《けいり》が、刺客《しかく》からレオナールの命を守るため、群衆の中に紛《まぎ》れ込んでいるといったかたちだ。

レオナールにアロイスとの関係を暴かれて以来、リディはアロイスに会っていない。

アロイスのほうからも、なんの便りもない。はじめてレオナールに関係を疑われたときとおなじ状態だ。

やはり、レオナールはふたりの仲を許してなどいなくて、アロイスに自分と会うことを禁じているのかもしれないとリディは思った。

「わたし、もうアロイスとは会わないわ……」

人だかりを避けて、泉水の付近でシルヴィアとワインを飲んでいたリディは、先日の、離宮での信じがたいレオナールとの情事についてを話したあと、静かではあるけれど決意の滲《にじ》んだ声できりだした。

彼女のドレスは胸元のビージングが美しいサテンのサーモンピンクで、オーバースカートがオーガンジーなのでふんわりと華やかな印象だ。

「どうして。レオ兄様にばれてしまったから？」

グラスを空《から》にしたシルヴィアが、驚いた顔で問い返してくる。

シルヴィアは繊細なドレープを描いてひろがるゴールドのドレスに身を包んでおり、王女らしい貫禄《かんろく》を醸《かも》しだしている。

「アロイス兄様とのことを、後悔しているの？」

シルヴィアがどことなく残念そうな顔でリディをのぞきこむ。

彼女は、リディがアロイスと一線を越えていることを知っているが、不思議なことにただの一度もそれを咎《とが》めてこなかった。ほかのだれにも見つからないようにね。それだけを警告して、リディの心が軽くなるよう共犯者として見守ってくれた。

「ええ。あれからいろいろ考えたの……。レオはやっぱりほんとうは傷ついていて、だから自分を彼と思って抱かれればいいなんて皮肉を言ったんだと思うわ。だから……」

リディはやはりアロイスとの関係は終わりにしなければならないと思いながら訥々《とつとつ》と返す。

「それだけレオ兄様があなたを想ってるってことなんじゃないの？」

シルヴィアが、リディの浮かない顔を気遣いながら言う。

「想ってくれているのなら、その情熱が、どうしてアロイスへの嫉妬《しっと》に変わらないのかが不思議だわ。わたしがレオの立場だったら、アロイスの存在が恨めしい。自分とアロイスを同時に愛せなんて、絶対に言わないわ」

それが怖い。

あれは、ほんとうはリディの眼を覚まさせるための狂言に過ぎなかったのではないかと。

リディが結婚をしてこの先、共に人生を歩んでゆく相手はレオナールだ。このままではリディとレオナールは、互いにぎすぎすした状態で暮らしてゆくことになってしまう。

「それに、アロイスとの関係がもっと公《おおやけ》になってしまったら、わたしは処刑台にのぼることになるわ……」

王太子の弟と情を通じているなど世間に知れたら。

「そういう覚悟があって、アロイス兄様に抱かれたんじゃなかったの？　アロイス兄様にほだされて、流されてしまっていただけ？」

シルヴィアの言葉が少し刺々《とげとげ》しくなる。

「アロイスのことは愛しているの。それはたしかなの」

会えばただアロイスのことが愛しくて、彼のことしか考えられなくて。

「でも、自分だけを想ってくれるレオを知ったいま、彼を裏切るのはあまりにも心苦しいし、彼のことを傷つけたくないとも思うの」

「それは愛情なんじゃないの？　リディはアロイス兄様だけでなく、レオ兄様のことも愛しているのよ」

だからこそ、からだも応えてしまったのだとシルヴィアは言う。

「レオのことも……？」

リディは絶句する。そうなのだろうか。

たしかにいま、ふたりに抱いている感情を秤《はかり》にかけたのだとしたら、それがどちらに傾くのかがリディにはわからない。からだが、あんなふうにレオのことを求めてしまったから。

リディは伯爵令嬢イレーネとの関係が芝居だとわかったあの日以来、自分の立ち位置をすっかりと見失ってしまったのだ。

「でも考えてみたら、わたしなんてただの身持ちの悪い女にすぎないわ。まわりがみえなくなってしまっただけの……」

八方塞《ふさ》がりで、リディは息苦しくなる。禁を犯した罰は、こうして心に下されるものなのだ。

恋心を殺して別の男のもとに嫁《とつ》ぐ女などたくさんいる。この世は、叶わない恋のほうが多いのだから、自分もはじめから、アロイスとの関係はあきらめるべきだった。

「でも、お兄様たちはきっと、リディのそういう脆《もろ》さが好きなのよ。正しい道を指し示して、守ってあげたくなる。男はそうやって弱いものを守ることで満たされる生き物なんですもの」

シルヴィアはいくらか楽観的に言う。

手紙でも、似たようなことを言われたことがある。そういうきみが好きなのだと。

「でも、アロイスが導いてくれたのは正しい道じゃないわ……」

婚約者がいる身でほかの相手に抱かれるなんて、どう考えても人としての道をはずれている。

似たような話を、これまでに社交界でいくつか耳にしたことはある。自由に恋愛を楽しんで生きている人たちもたしかにいるのだ。

けれど、たとえそんな姦通《かんつう》など日常茶飯事《さはんじ》の世界を生きている身であっても。

自分自身がそれに染まってしまってはいけない。

するとシルヴィアがついに、苦笑しながらも強い口調で言った。

「常識にあてはめてお兄様たちのことを考えてはいけないわ、リディ。彼らはふつうではないから」

「ふつうではない？」

うつむいていたリディは顔をあげる。

「ええ。お兄様たちは、ふたりでひとつなの。そういう彼らの感情を完全に理解することなんて、きっとだれにもできやしないでしょうね」

シルヴィアは、夏至祭の象徴である燃えさかる大きな焚火《たきび》を遠くに見つめながら言う。血をわけた妹である自分でさえもそれが叶わなくて、もどかしいような顔をしている。

「ふたりでひとりって……」

リディは突飛《とっぴ》な理屈に面食らう。

「どちらもおなじなの。彼らがそれを望んでいるの。リディだって、結局彼らの見分けなんてついていなかったんでしょう?」

問われてリディは言葉につまる。たしかに、まったく見分けられていなかった。

「だからもしできるなら、ふたりを同時に愛してあげればいいわ。お兄様たちが望むままに」

「彼らの望むままに……?」

リディの脳裏《のうり》に、レオナールの言葉がよみがえる。きみはなにも悩まないで、ただ僕とアロイスに愛されていればいいのだと言っていた。

アロイスとレオナールのあいだに立ったいまの状態が、まちがってはいないということなのかしら。どちらかを選ぶのではなく——?

ワインの酔いがまわりはじめているせいもあって、リディは釈然としない。

「もう、せっかくのお祭りの夜に、こんなことで悩んでいてはだめ。ほら、もっと飲みましょうよ、リディ」

シルヴィアは空《から》になったワイングラスをリディの手からとりあげ、通りがかりの給仕係から受けとったあたらしいものをリディにもたせる。

3.

それから小一時間ほどが過ぎたころ。

楽士団の演奏がいっそうにぎやかなものになり、ダンスがはじまった。

人々の顔は酒と祭りの熱気にあてられて上気している。にぎやかで、平和な眺めだ。このまま盛況のうちになにごともなく初日の催事は終わるのだとだれもが思っていた。

リディは、ほろ酔い状態のまま、シルヴィアとともにレオナールのもとに戻ろうと彼をさがした。

ところが、大焚火のそばに彼の姿を見つけたリディは、その十歩ほど手前の場所で足をとめた。彼がイレーネと話していたからだ。

そばにはアロイスもいる。ふたりは今夜もおなじ詰襟《つめえり》に身を包んでいる。

「まあ、レオ兄様ったらまた懲《こ》りずにあのご令嬢と！　お芝居とはいえおもしろくない眺めだわ。邪魔してさしあげましょうか」

暗殺計画の事情を知っているシルヴィアが、ふたりの姿を見て憤《いきどお》る。彼女も酒に酔っているせいで言うことに遠慮《えんりょ》がない。

「大丈夫よ。文字通りのお芝居なんだもの」

仕方なくつきあっているのだとレオナールははっきりと言ってくれた。いまはもう、心から彼のことを信じることができる。アロイスとの関係に終止符《しゅうしふ》を打つ覚悟も、もしかしたらそのおかげでできたのかもしれないとリディは思う。

イレーネのドレスは光沢《こうたく》のある深い葡萄《ぶどう》色だ。夜の闇に溶け入りそうな黒地の豪奢《ごうしゃ》なショールを手にしている。装飾としてのものなのか、とくにそれを身にまとうわけでもない。

月明かりを浴びて、ショールにあしらわれたスパンコールがチカチカと光を放つ。上質の絹で織られた美しい意匠《いしょう》のものだ。興味を惹《ひ》かれてそれをつぶさに見ていたリディだったが、目に入ったものに驚いてはっと息を呑《の》む。

酒に酩酊《めいてい》しかけてぼんやりしていた頭が、一瞬のうちに冴えた。

(イレーネ……!)

彼女のショールのすき間、その手の中に、月光を受けて青白く閃《ひらめ》くものがあった。鋭利な刃物の切っ先。それが、レオナールを狙うものだと即座にわかった。

リディは蒼白になる。

なぜ、イレーネがレオの命を……!

ショールに隠れた刃はいままさに彼にむけられて、その胸を刺さんとしている。

「レオ!」

彼女はとっさにレオナールのもとに駆けた。レオが死んでしまうなんていやだ。

「レオ、危ない!」

レオナールのそばに飛んでいったリディは、彼を助けようとそのからだを力いっぱい押しのけた。自分がどうなるかまでは考えていなかった。本能的に彼を救いたいと、ただその衝動だけでからだが動いた。

意表をつかれてよろめいたレオナールが、とっさにリディのからだを抱いて、その場にどさりと崩れ込む。

標的を失ったイレーネの刃先が空を切った。

ショールがひらめいて、手元があらわになる。

彼女の手には刃先の鋭い果物ナイフが握られていた。

「イレーネ!」

レオナールが驚愕《きょうがく》に目をみはる。

「殿下!」

貴族に扮装していた宮廷警吏《けいり》が駆けつけ、即座にイレーネを取り押さえる。

もしや、イレーネが刺客《しかく》だったのだろうか。彼らもよもや、名のある上品な伯爵令嬢がそれだとは思わなかったにちがいない。だいいち、今夜はまだ初日だ。

「はなして！」

イレーネが両腕をばたつかせてもがく。

宮廷警吏に手首をはたかれて、彼女の手からナイフが落ちた。芝の上に落ちたそれは、月明かりを受けてものものしい光を放つ。

伯爵令嬢の乱心にあたりは騒然となり、まわりにはみるみるうちに人垣《ひとがき》ができた。

異変に気付いた楽士団の演奏がしだいに細くなって、ぴたりと止んでしまう。

「イレーネ、なんのマネだ！」

レオナールがリディを抱えたまま、驚きのうちにイレーネを見上げて言った。

「シャントルイユ枢機卿《すうききよう》のご指示よ……」

イレーネはみずからの凶行にわなわなとうち震えながら答える。

「枢機卿だと？」

レオナールも、リディも、アロイスもはっとする。

「きみが……刺客だったのか……」

アロイスが、思わずつぶやく。

なんと、彼女が枢機卿の放った刺客だった。

イレーネの父、フォーコニエ伯爵は、表向きは国教会派だが、実はメディシ教派に身を置いているのだと聞いている。だからこそイレーネは、父の情報をこっそりレオに売ることで彼に取り入ることができた。

（でもどういうことなの……、計画は最終日に実行されることになっていたはずなのに……）

リディは眉をひそめる。

アロイスも険しい面持《おもも》ちでイレーネを見下ろしている。彼にも、刺客が彼女であるという情報はなかったようだ。

計画が、急きょ変更されたのだろうか。刺客は本日任務を遂行するようにと――？

アロイスが実は国教会側にいる事実を知らないイレーネは、アロイスの反応を見ていぶかしげな顔をしている。

（やっぱり、枢機卿に気づかれていたのだわ）

アロイスがこちら側の人間であることを。そして枢機卿を失脚させるために水面下で動いていたことも。だから、沈黙のうちに計画は変更された。

「なぜ、きみなんだ、イレーネ……」

レオナールが、ふたたび宮廷警吏に両腕を捕縛《ほばく》されたイレーネを仰《あお》いで問う。

アロイスにむいていたイレーネの視線が、ひたとレオナールに戻る。

「わたし……お父様たちの陰謀《いんぼう》を知っていて、はじめはひそかに殿下のことを助けるつもりでいたわ……。でも、殿下が決してわたしを抱いてはくださらず……、もう愛など求めても仕方ないのだとわかったから、お父様にみずから願い出たのよ。……王太子暗殺はわたしが引き受けると！」

　イレーネは大粒の涙をぼろぼろとこぼしながら破綻《はたん》した声で言う。

「だって……このまま殿下がリディアーヌと結婚してわたしのものにならないのなら、あなたなんていなくていい……あなたを殺してわたしも死ねばいいって思ったのよ……！」

　自棄《やけ》になったイレーネは、錯乱《さくらん》状態のまま涙声でわめく。

　イレーネははやくから父たちの陰謀に通じていたようだった。けれどレオナールへの恋心と板挟みになり、やがて叶わぬ恋に業《ごう》を煮やして身を滅ぼすことになってしまったのだ。

　シャントルイユ枢機卿は、年若い令嬢ですら自らの手駒《てごま》にする下劣漢《げれつかん》だとアロイスが言っていたが、そのとおりだった。

（伯爵にしても、実の娘の手を罪に染めさせるなんて……なんて非道な父親なのだろう。リディの胸に寒々としたものがひろがる。王太子と近しいところにいられる彼女なら、うまくやれると考えたのだろうか。

　そこで、宮廷警吏に身柄を拘束《こうそく》されたイレーネが、背後からレオナールに抱えられた状態で座り込んでいるリディのほうにぎろりと眼をむけてくる。

　嫉妬《しっと》に駆られて薄闇の中に禍々《まがまが》しく光るイレーネの双眸《そうぼう》に、リディの背筋は凍りつく。

「どこまでも邪魔な女……！　ぜんぶあなたのせいよ、リディアーヌ。……わたくしが王太子妃になって……ずっと殿下のおそばにいたかったのに。……殿下を殺して、あなたのことも殺してやるつもりだったわ、リディアーヌ！」

イレーネは、憎悪のみなぎる射殺すような目でリディを睨《にら》み据えて言う。

「イレーネ……」

強い恨みをむけられて、リディは胸に楔《くさび》でも打ちこまれたような心地になる。

だがどうしろというのだ。いかにイレーネがレオナールを愛そうとも、彼の心まではリディの手ではどうすることもできない。

「愚かな発言は慎《つつし》みたまえ。きみの罪が重くなるだけだ。それに、暗殺は未遂《みすい》に終わった。きみはむしろ、阻止《そし》してくれた彼女に感謝するべきなんだぞ」

事態を見守っていたアロイスが、冷静な声で諫《いさ》める。たしかに、王太子を殺害したら彼女はまちがいなく斬首刑《ざんしゅけい》である。

参りましょう、と宮廷警吏が淡々と告げて、イレーネを宮殿のほうに促す。

「はなしなさい！　はなして！」

必死の抵抗もむなしく、イレーネは涙で頬を濡らしたまま警吏に連行されてゆく。

リディはなぜか、自分の身柄までもが拘束《こうそく》されているかのように苦しかった。

あれが、彼女の愛の貫き方なのだろうか。愛する人の命を奪ってしまうことが？

しあわせは、だれかの犠牲の上にしか成り立たないものなのだろうか。

そうして動揺《どうよう》したままとりとめのないことをぐるぐると考えているうちに、リディは強いめまいに襲われてがっくりと頭《こうべ》を垂れてしまう。

「リディアーヌ！」

気づいたレオナールが、リディを抱えなおして叫ぶ。

弱いくせに、無理をしてお酒をたくさん飲んだのがいけなかった。そこに尋常《じんじょう》ではない出来事が起きて、頭が恐慌《きょうこう》状態になったのだ。

「リディ、大丈夫か」

アロイスが自分のもとにやってくるのがわかった。

それからふわりと自分のからだが持ちあげられる。どちらに抱かれたのかはわからないけれど、妙な安定感があってほっとした。

それきり視界は真っ暗に反転して、人々のどよめきを耳にしながら彼女は意識を失った。

4.

「やりすぎたかな」

耳元でだれかの声がする。

「ずいぶん悩んでいるようだったから、もうこれが限界だろうな」

耳に心地よく響く、よく聞きなれた声。

「僕があのときぜんぶ話して慰《なぐさ》めて終わっておいてもよかったんじゃないか」

ひとりごとを言っているのかと思ったら、おなじ声の人がふたりで会話をしているらしい。

「離宮でおれと入れ替わったときにか？　そういうのはおれの役目だろう。おまえは一生リディのそばにいられるんだから、おいしい役回りはちゃんとおれに譲《ゆず》ってくれよ、レオ」

会話はレオナールとアロイスのもののようだ。

これは夢？

自分はどうやら眠っているらしい。

「僕だってメディシ教派にいつやられるかわからない身なんだから、生きているうちにいい格好させてくれよ。それでなくてもリディはおまえのほうにしっかりと傾いてるんだ」

レオナールとおぼしき声の主が冗談まかせに不満をつらねる。

「おまえはもう狙われないだろう。おれがすべてを明かして枢機卿を告発すれば、反国教会勢力は弱体化してゆくよ。今夜のことが動かぬ証拠だ。そのために、教皇に恭順《きょうじゅん》するふりをして、異教徒たちと心にもない宗教論を語らって、虫唾《むしず》の走る枢機卿のごますりに耐えたんだ。二年もだぞ」

アロイスの、わりと真剣な声のあと、

「ご苦労だったね、アロイス」

レオナールの優しい声音《こわね》が続く。

「おまえはおれなんだから、自分の身を守ったのに過ぎないよ」

アロイスが不可思議な理屈を言いながら軽く笑って返す。

「それより今夜は許してもらえる自信がないな」

どちらかの手が、リディのやわらかな栗毛の髪を撫《な》でてくる。

ふたりが、自分の顔をのぞきこんでいるような気配がする。

「ああ、さすがに気持ちを弄《もてあそ》ばれたと腹をたてるかもしれないな。……でも、おれたちのリディは寛大な子だから大丈夫だよ」

もうひとりがそうあることを祈るような口調で言って、リディの艶《つや》やかな栗色の髪を愛《いと》おしげに撫《な》でる。髪を弄ぶ手がこそばゆくて、リディはわずかに身じろぎした。

「………ぅ………ん………」

薄桃色の唇から、小さな甘い声が洩れる。

「そろそろ起こしてあげようか」

どちらかが言って、リディの下肢《かし》に手を伸ばしてきた。

指の腹で優しくこねるように花芯《かしん》をくすぐられて、下肢《かし》の奥にじわりと熱がこもる。

「ん……んん………」

だれなの？　リディは夢うつつの状態で感じてしまい、身を捩《よじ》る。起きてたしかめたいと思うのに、なぜだか眼を覚ますことができない。

「感じてるな、リディアーヌ」

もうひとりの見ているだけのほうが、淫靡《いんび》なものを孕《はら》んだ声音《こわね》で言う。

秘されたところが熱をもって、そこにじっとりと愛液が滲《にじ》んでくるのがわかる。

指の腹がそれをすくい、花びら全体にぬるりと撫でつけてくる。

「は……ぁ……」

下肢の奥が蕩《とろ》けるような心地よい感覚で満たされて、リディの薄桃色の唇から、ふたたび甘い吐息がこぼれる。ぬめりを帯びた指先の動きが気持ちよくて、無意識のうちに愛撫《あいぶ》を求めて足をゆるめてしまう。

「夢うつつのリディアーヌは大胆《だいたん》で無防備だな」

「この、わずかに眉根《まゆね》をよせた顔にはほんとにそそられるな。下半身が熱くなる」

「このままするかい?」

「だめだ、今夜はひさしぶりで激しくしてしまいそうだから。……でももうまてないな。眼をさまして、おれたちのかわいい眠り姫」

熱く囁《ささや》いたほうが、そっとリディの唇を塞《ふさ》いでくる。

やわらかな唇の感触。次いで、熱い舌が唇を割ってするりと入ってくる。

「……う……ん……」

その人の舌はリディの舌先を優しく舐《な》めとって、唇をねっとりと吸いたてる。

リディの下肢はますます焦れて、甘く痺《しび》れる。

ん、気持ちいい……。わたしはどっちとキスをしているの？

けれどその口づけに魅了されて息をすることを忘れていたリディは、しだいに息苦しくなって、意識が夢から現実に引き戻されてゆく。

そしてついに、深い水の中からあがったように、はっと目を覚ました。

刹那《せつな》、閉ざされた瞼《まぶた》を縁取る美しい睫《まつげ》が目に入ったかと思うと、その瞼がひらいて、おそろしく近い距離で美しいアイスブルーの瞳とぶつかった。

優美に整った美貌《びぼう》をしたその人は、口づけをやめて顔をはなした。それがアロイスかレオナールなのか、リディはとっさに区別がつかない。

「起きた？　おれはアロイスだ」

リディの困惑を見抜いたアロイスが、自分の中指をぺろりと舐めながら告げる。

やっぱり、自分は寝ていて、夢を見ていたらしい。

けれど彼の指が濡れているのが自分のせいなのだと、リディはすぐにわかった。ぼんやりと記憶している夢の内容は淫らで、下肢がやけに熱く疼《うず》いていたからだ。

「わたし……？」

燭台《しょくだい》の炎に照らされて、リディのみずみずしい乳房のふくらみが蜜色に浮かびあがっている。

自分が一糸《いっし》まとわぬ姿であることに気づいた彼女は、あわてて自分を抱きしめるようなかたちで胸元を隠し、羞恥《しゅうち》にかられて頬を真っ赤に染める。

「だれに気持ちよくしてもらう夢を見た？　おれ？　それともレオナール？」

横から楽しげにたずねてくるアロイスの上半身も裸で、外からゆるく流れ込む生ぬるい夜気にさらされている。

「具合はどうだい、リディアーヌ？」

反対側からもおなじ声が降ってきて、リディはぎょっとする。

「レオ！」

見ると、自分を挟んでとなりにはレオナールもいた。アロイスのように、下衣だけ身に着けた姿で。

夢の中の出来事は、現実と繫《つな》がっていた。会話は彼らのもので、実際にアロイスの指が、自分の秘所をさわっていたのだ。

「どうして……？」

リディは状況が吞《の》みこめず、胸元を隠したままおろおろする。こめかみがかすかにつきんと傷んだ。

「きみはお酒を飲みすぎて倒れてしまったんだよ」

「夏至祭《げしさい》は終わった。ここは離宮のいつもの一室だ、リディ」

ふたりもそれぞれ半身を起こして言う。

　リディははたとあたりを見まわす。自分たちが座っているのは広い天蓋《てんがい》ベッドで、燭台の蠟《ろう》燭《そく》の炎に照らされた室内は、たしかにアロイスと逢瀬《おうせ》をかさねていたあの部屋だった。あけはなたれた窓から吹き込む夏のはじめのぬるい風が、天蓋《てんがい》ベッドの薄紗《はくさ》をゆらしている。

　窓の外には、散りはじめたリラの花が月明かりに照らされている。

　盛りを過ぎて、明日には散りそうな脆《もろ》い美しさをたたえた花穂《かすい》が、青白い月光を浴びて幻想的に浮かびあがっている。その白とも薄紫ともつかない儚《はかな》げな色あいが、リディの脳裏《のうり》に妙に焼きつく。

「どうしてわたしは裸なの？　あなたたちも……」

　リディはふたりに目を戻して問う。胸はどきどきと高鳴ったままだ。

「メイドがドレスからネグリジェに着せ替えていってくれたが、必要ないからおれたちが脱がせた」

「三人で愛しあおうと思って、きみが目覚めるのをまっていたんだよ」

「三人でって……」

　レオナールのせりふにリディは絶句する。なにを言っているのだ。

「白状してあげようか、リディ」

　アロイスが、当惑するリディにおもしろそうにきりだした。

「ぜんぶおれたちのいたずらだ。忘れたハンカチをきみのもとに届けた夜のことや、執務室での出来事は、はじめからレオも知っていたことだよ」

「はじめから……？」

リディはきょとんとする。

「すべてわかっていたの？」

「ああ。そもそもきみのハンカチをアロイスにもたせたのはこの僕だ」

レオナールがさらっと白状する。

レオが仕向けたこと？

だからアロイスはあの夜、自分のもとに来ることができたのだ。執務室も、あの時間にリディが来ることを知っていて入れ替わっていた。偶然などではなく――。

「そんな……」

リディは信じられない告白に唖然《あぜん》とする。

「ごめんね、リディ。きみがおれのことをレオだと信じて疑わないから、ついそのまま愛してしまった」

そしてその出来事については、その日のうちにしっかりとレオの耳に入っていた。

帰国してからの出来事は、ほんとうにすべてレオに筒抜《つつぬ》けだった。はじめから、ほとんど計画されたことだったのだ。またアルデンヌ国で三人が一緒に過ごせるようになるので、久々にちょっとリディを困らせてみようということになったのだという。

「レオは、表向きはリディの伴侶《はんりょ》で子を産ませることもできる。だから代わりに、処女を奪う権利はおれが得た。もちろん気持ちに偽りはない。おれはリディを愛しているし、王太子として生まれてきみと結ばれたかったと思うのも事実だ」

アロイスはよどみのない口調で言う。

「僕とアロイスのあいだで揺れるきみがいじらしくてかわいかった。恋心はますます深まるばかりだったよ、リディアーヌ」

レオが胸元を隠しているリディの手をとって、その甲に口づけながら言う。

リディはこれまで悩んでいたことがすべて憤《いきどお》りにかわって、かっと頭に血がのぼるのを感じた。

「ひどいわ。わたしが悩んでいるのをずっと笑って見ていたのね！」

彼女はレオの手をふりほどいて、鼻息を荒くする。

信じられない。アロイスの脅《おど》しも、レオナールの嫉妬《しっと》も、ぜんぶ芝居だったのだ。

「笑ってなんかいないよ。困った顔もかわいいなって思っていただけだ。ここできみとふたりきりではじめて愛しあったときは本気で燃えて、もうレオなんかいらないからリディをひとり占《じ》めしたいって思うほどだったよ」

アロイスがまじめに言う。

「それで勢い余って中に出したのか。式も済んでないのに行儀《ぎょうぎ》が悪すぎだろう、アロイス」

そこは気に入らないらしいレオナールが仏頂面《ぶっちょうづら》になる。

「レオはどっちかっていうと汚れ役だったよね。手紙が代筆だったことはばらさなきゃならないし、イレーネの横槍が入ったせいでただの浮気者に成り下がり、かわいいリディの心を傷つけた」

「だが、彼女はそんな僕のことを身を挺《てい》して庇《かば》ってくれた。……きみがいなかったら、僕はさっき死んでいたかもしれないんだ。ありがとう、リディアーヌ。きみのおかげで助かったよ」

レオナールがうしろから逞《たくま》しい腕を胸の下にまわしてきて、リディを包み込むように抱きしめる。

「あ……」

背中にぴったりと迫ったレオナールの胸板のぬくもりに、リディは怯《ひる》んでしまう。

「役得だったな、レオ。おれだってリディに命懸けで守られてみたい」

横からアロイスが不満げに言って、ひと房すくったリディの髪を指にからませて口づける。

ふたりして大まじめに話しているから、リディは毒気を抜かれてしまう。

「ど、どっちにしてもわたしをおもちゃにして弄《もてあそ》んでいたんじゃない……」

リディは悔しいやら、拍子抜けするやらで、なにがなんだかわからなくなってくる。ひとりだけ怒っているのが馬鹿みたいだ。

「おもちゃなんかじゃない。おれたちは自分たちとおなじくらい、きみを大切に想って愛しているよ、リディ」

アロイスがリディに顔をよせてきて、右側の耳朶《じだ》に口づけながらなだめる。

アロイスの口づけは甘くて、リディの胸はきゅんとしてしまう。

「だったら、どうしていたずらなんてしてきたの？」

騙されているなんて、ちっとも気づかなかった。たしかに、ハンカチや、執務室に偶然にアロイスが居合わせたことや、彼との逢瀬《おうせ》をレオナールがどう見抜けたのかなど、腑《ふ》に落ちない点はいくつかあったけれど。

「きみは芸術の才能を見抜くすばらしい審美眼《しんびがん》をもっているくせに、僕たちのことはまったく見抜けない。その落差がものすごくかわいらしいんだ。かわいい子はいじめたくなるんだって言っただろう？」

背後のレオナールが反対側の耳元に唇をよせたまま、しっとりとした優しい声で諭《さと》すように言う。それはアロイスの口からも聞かされたことだ。

「いじめたくなるだなんて、レオまでアロイスみたいなことを言うのね……」

リディは耳にかかるレオナールの吐息にどきどきしながら、左の肩越しに彼を見ながらむくれる。

「おれたちはふたりでひとりだからね」

右で髪を弄ぶアロイスが、笑いながら誇らしげに言う。

「その考え方がよくわからないわ。あなたたちは別々の人間じゃない」

リディは困惑してアロイスのほうにむきなおる。いまだって、自分を挟んでうしろと横にいるではないか。

するとレオナールがまじめに語りだした。

「双子って、ものすごく比べられるんだよ。似たような条件がそろっているから仕方ないんだけどね。からだの成長や、剣技の腕前や、恋の進退についてまでも、いちいち人々の話のネタにされてしまうんだ。だが、僕らはそうして比べられるのがほんとうに嫌だった。だからある日、ひとつになることに決めた」

アロイスがレオに次いで不可解な理屈を続ける。

「比べられるのがつらかったから、区別できないくらいにそっくりになって大人たちを困らせてやろうって思ったんだよ。実際に、混乱する彼らを見るのはとても楽しかった」

リディははたと彼らを見比べる。

「だからいつもおなじ髪型や服装にしていたの……？」

まわりの人間を混乱させて、意趣返《いしゅがえ》しをしていた。そうすることで、自分たちの心の均衡《きんこう》を保っていたのだ。劣等感や嫉妬《しっと》から逃れて、すこやかでいられるように。

もしかしたら、今回のいたずらも、その名残《なごり》だったのだろうか。自分を惑わせ、困らせて愛することが、彼らの心には必要な栄養素みたいなものだったのかも──。

なんていたずらな双子たち。

けれど、リディはなにも返せなくなった。彼らのほんとうの苦しみは、彼ら自身にしかわからない。だから、ただ黙って受けとめてあげればいいのではないか。

ふたりに味方すること。

（それが、わたしが彼らにしてあげられることなんじゃないのかしら――）

シルヴィアが助言してくれたように。彼らが望むリディのままで。

「今夜は三人でしようよ、リディアーヌ」

レオナールが、おとなしくなったリディのからだをふたたび愛しげにうしろから抱きすくめ、耳もとに甘えるような声で誘いかけてくる。

「……え？」

リディはどきりとする。

「しようよ、リディ。たくさんいかせてあげる」

となりにいたアロイスも、リディのすらりと伸びた脚に掌《てのひら》を這《は》わせながらねだってくる。

「む、無理よ。三人でなんて……」

板挟みになったリディは、動揺《どうよう》しながら返す。ふたりを相手になんて、どうすればいいのかわからない。

「二対一なのが怖い？」

アロイスが、訊きながらリディの右頬にちゅっと口づける。

「大丈夫だ。すぐに気持ちよくなれるよ」

レオナールもいたずらめいた目をして、反対の頬に口づけてくる。

ふたりは本気なのだ。リディは逃れられない気配を悟って身をこわばらせる。

「昔はシルヴィアが宮殿に帰ってしまってからもこうしてよく三人で遊んだじゃないか」

レオナールがうしろから伸ばした手で、リディの両の乳房をすくうように揉みしだく。

「あ……んっ……、こんな淫《みだ》らな遊びは知らないわ」

いきなり大胆《だいたん》にふくらみを愛撫《あいぶ》されて、リディは胸がいっぱいになる。

「おれはいつもリディにさわりたかったよ。ほら、足をひらいて。きみのきれいなあそこを見せて」

となりにいたアロイスがリディの白い太腿《ふともも》を割って、下肢《かし》の付け根に手をすべりこませてくる。

「いや……、恥ずかし……」

いくら一線を越えた相手とはいえ、あらためて同時にふたりの眼に晒《さら》されるのには抵抗がある。リディが秘所を弄《いじ》りはじめたアロイスの手を退けようとしていると、

「んっ――」

だしぬけに、横から彼に唇を奪われる。唇を軽く吸われたかと思うと、熱い舌がすぐさま侵

入してきてリディの中をさぐりたてる。

「……ふ……ぅ……」

あいかわらずアロイスは口づけがうまい。さっきまでしていたのもきっとアロイスなのだろう。まろやかに官能を煽《あお》る舌遣いに、リディの頭は一気に痺《しび》れたようになる。

一方で、うしろからレオナールが乳房を揉みたて、指先で尖端をじりじりと弄ぶから、彼女のからだは火がついたように熱くなり、じきにその気にさせられてしまう。

アロイスは口づけを続けながら、下肢にのばした指で器用に花芯をさぐりあて、それを優しくこねはじめる。

「……んっ……ん……」

淫らな口づけと、乳房への愛撫を同時にほどこされて、そこはすぐに硬く勃《た》ちあがってしまう。

「もう濡らしてるな。蜜がこんなに溢れてる、早すぎるよ、リディ」

口づけをやめて指先を蜜口まですべらせたアロイスが、愛液に濡れたそこをくすぐりながら笑う。

「んぁ、……あ、……あ……ん」

ぬめりをおびた指の腹で花びらを撫でられて、下肢の奥にひろがっていたゆるい快感がじわじわと濃度を増す。

「そんなに濡らしていけないいな。敏感なリディは僕に乳房を揉《も》まれて感じてしまった?」

レオナールがうしろから、リディの火照《ほて》った首筋に舌を這わせながら問う。

「おれのキスで濡れたのに決まってるだろ。次は指を挿れてあげるよ、リディ」

アロイスは言いながら、潤みをたたえた秘裂《ひれつ》にするりと指をくぐりこませてくる。

「んっ」

内奥が指先に押しひろげられて、甘い刺激に支配される。

アロイスはすぐに彼女の性感帯を狙って、熱く疼《うず》く媚壁《びへき》を愛《め》でるようにこすりはじめる。

「あ……ん……っ」

酒の酔いが残っているせいなのか、いつもよりもずっと感度が高くて反応が早い。

リディはそこを愛撫されるとすぐに気持ちよくなってしまい、もう引き返せなくなった。

「は……あぁ……ン……、だめ……よ、アロイス……っ」

リディは、はやくもからだがじりじりと快感の極致に引きあげられてゆくのを感じて焦る。

「もっとしてほしいって言ってるようにしか聞こえない」

アロイスはいじわるな笑みをはいて指遣いをいっそう荒くする。

「甘い声出してかわいいな、リディアーヌ。すごく興奮する」

うしろからリディの乳房を弄っているレオナールが、下肢で主張をはじめた彼の欲望をぐっとリディに押しつけて囁《ささや》く。

「あ……」

臀部《でんぶ》に彼の熱い硬直を感じて　リディはどきりとする。

「まだ、これは欲しくない？」

乳首を弄る淫らな手はそのままに、レオナールが右耳の耳殻《じかく》をなぞって中に舌をさし挿れながら誘いかけてくる。

「あ……、レオ、耳……だめ……」

リディは首をすくめる。熱い舌に耳孔《じこう》を蹂躙《じゅうりん》されて、うなじから背筋に未知の快感が響く。水の中で愛されているみたいな感じがする。

一方で、リディの両脚をひらかせたアロイスがその下肢の付け根に顔をうずめ、敏感になったところに舌を這わせはじめる。

リディは熱くしっとりとした舌の感触にぴくんと腰をはねさせた。

「や……、アロイス……っ、……そこ……そんなに、舐めちゃ……あんっ……」

挿入していた指をぐるりと動かされ、熱い舌先で花芯を何度も弾かれて、甘い痺れがさざなみのように湧き起こる。

「きみのいやらしい花びらがヒクついて、指だけじゃ足りないって言ってるから」

愛液をじゅるっと吸いあげられ、その音が卑猥《ひわい》すぎて耳を塞ぎたくなる。

「きみの気持ちいいところを教えてよ、リディ。ここ？　それともこっちの奥をかきまわされるのがいい？」

アロイスは舌戯《ぜつぎ》を中断し、指の腹で媚壁のあちこちを気まぐれにこすりたてながらリディを追いつめる。

「ああ……、ああんっ……アロイス……も……う………やめて……」

リディは、眼のくらむような快感をたえまなく与えられて、ただ乱れた息を吐きだすばかりだ。蜜口から愛液が溢《あふ》れてクチュクチュと淫《みだ》らな音がしてくる。

「いい音をたててるな。……僕にもきみの中をさわらせてよ、リディアーヌ」

レオナールまでもが、手をうしろからリディの秘所にもってくる。

「んっ……！」

彼の指先が、アロイスの舌戯によって敏感にたちあがった花芯に触れて、リディは思わず高い声で啼《な》いた。

「ここが気持ちいい？」

レオナールは指先にねっとりと愛液をからめ、莢《さや》をはらった花芯をくりかえし刺激してくる。

「ん、あ……、はぁ……ん、レオまで、ダメ……」

ふたりの男の人に同時に秘所をさわられるなんて。

アロイスの指に媚壁をこすられ、さらにレオナールに花芯を弄られて、リディは快感のあまり頭が真っ白になりかける。

そのうちにレオの指が、アロイスのそれが出入りしている蜜口《みつくち》までおりてくる。

「僕もリディの中に指を挿れたい」

そう言って、愛液をまとってアロイスの指が出入りしているところに容赦《ようしゃ》なくぬるりと人差し指を割り込ませてしまう。

「あ……んっ」

レオとアロイスの二本の指の甘い圧迫に、つい声が洩れる。

「邪魔をするなよ、レオ」

「一本くらいいいじゃないか。リディは僕からもさわられたいよね？」

リディの秘所はいま、アロイスとレオナールの指を両方とも貪欲《どんよく》に呑《の》み込んでいる。

「あ、あ、どっちかに……して。……ふたり一緒は、いやよ……」

彼女は羞恥《しゅうち》にかられて、眼を伏せる。同時にふたりから指を挿入されて弄られるなんて淫らで恥ずかしすぎる。

「この濡れ具合ならもう一本いけそうかい？」

うしろのレオが、熱い吐息とともに右耳に囁いてくる。

「いや……、ん……っ……あ……、レオ……、そんなにもは、だめ……」

「レオの指とおれの指、どっちが気持ちいい？」

アロイスが左耳の耳朶《じだ》を優しく食《は》みながら問いかけてくる。

「あ……ぅ……、わ、わから……な……、どっち……も……」

アロイスの指はリディの性感帯を、レオナールの指は中に満ちている愛液をかきだすようにクチュクチュと淫奔《いんぽん》に動きまわる。気持ちよすぎてどちらかを選べるような状態にはい。

「ああ……、ふたりで……弄っちゃ……いや……」

もう、どっちがどっちだかわからない。ふたりからおなじように官能を翻弄《ほんろう》され、くりかえし甘美な刺激を与えられて、リディはもう募《つの》る快感をその身に溜めていることができなくなってゆく。

「どっちと先にしたい、リディアーヌ？」

リディの秘所から指を抜き取ったレオナールが、ふたたび乳房を両手でわしづかみにして揉《も》みたてながら訊いてくる。彼のものは、もうとっくにリディの臀部《でんぶ》の真うしろで熱く勃起《ぼっき》している。

「おれとしようよ、リディ。きみが欲しくてもう我慢できない」

アロイスが欲望を抑えきれない艶めいた声でせがんでくる。彼のそれももちろんレオとおなじ状態にあるのだとわかる。

「ん……」

快感に酔いはじめていたリディは、臀部に感じるレオの欲望に惹《ひ》かれつつ、もの欲しげにアロイスの股間《こかん》も見つめてしまう。どちらでもよかったけれど、先に視界に入ったほうが答えになった。

「おいで、リディ」

下衣を脱ぎとったアロイスが、レオナールに抱かれていたリディに腕をのばして引きとる。疼きをもてあまして火照ったリディのからだは、ひきしまってすべらかなアロイスの肌とぬくもりに包み込まれる。アロイスはいつも、こんなふうに大切にこのからだを扱ってくれる。

けれどほっと息をついたのもつかの間、彼はベッドの上でリディを四《よ》つん這《ば》いにさせた。

「な、なあに……？」

腰をつかまれ、臀部をアロイスに見せるかたちになったリディは落ち着かなくなり、シーツをきゅっとにぎりしめる。

「このまえはレオにうしろから抱かれたんだろう？　おれともしようよ、リディ。いい声を出しながらイッてしまったって聞いたよ」

言われてリディの顔がかーっと赤くなる。ほんとうに筒抜《つつぬ》けで知られているのだ。なにもかも。情事の最中の体位まで。

「う、うしろはもうやめて……恥ずかしいの……」

頬を紅潮させたリディは、羞恥をまぎらわそうと、アロイスにつかまえられた腰をゆらして抗う。

「どうして。こんな色っぽくて魅力的な格好のなにがだめなんだ？」

「全然いいよ、リディアーヌ。このまえは突きだしたお尻がかわいくて、僕もすぐにイってしまった」

「やめて、レオ！」

「自慢げに言うなよ、レオ。せっかくおれがリディに気を遣ってふつうの体位だけで我慢してきたのに、あっさり抜け駆けしやがって」

「我慢していたのか、アロイス？　おまえが？」

レオナールが意外そうな顔で笑う。

「ああ、してたよ。リディのことが好きすぎて」

アロイスはそう言ってリディの背にちゅ、と口づけを落とす。

「だから今夜はレオみたいに思いきりやらせて」

「あんっ」

潤みきった秘裂に熱い怒張があてがわれて、リディはぴくんと背をのけぞらせる。

「あ……」

与えられる快感を予期して、潤んだ蜜口がヒクつく。

次いでアロイスは、いきりたった彼のものをぐっと彼女の中に押し沈めてきた。

「や……んっ」

張りつめた彼の欲望が、媚壁をぬるりと押しわけて彼女を貫く。

「ああ、奥のほうも熱いよ、リディ」

アロイスが媚壁に自身を締めつけられる心地よさに身震いし、甘い呻き声を洩らす。

「たしかにこの体位はリディのお尻がかわいくてそそられるな。たくさん突かせて」

アロイスは羞恥のあまり及び腰のリディをつかまえ、律動的に抜き差しをはじめる。

愛液をまとった硬直が、ぬぷぬぷと卑猥な音をたてて蜜口を出入りする。奥深くまで届くアロイスのものに、ふだんとは微妙に異なる角度でくりかえし媚壁をこすりたてられて、たまらなく気持ちいい。

「ん……ぁっ……、ん……っ、あぁんっ……」

アロイスの激しい腰遣いのせいで下肢《かし》がぶつかるはしたない音がたち、そのたびに熱く湧きたつ快感が内奥に迸《ほとばし》る。

「は……ぁんっ……ンン……」

リディは無意識のうちに、鼻にかかったような甘えた声を洩らしてしまう。

「甘い声だな。ちょっと感じすぎだろう、リディアーヌ。アロイスにされるほうが気持ちいいのかい？」

レオナールが、アロイスの繰り出す律動に弾むリディの乳房をすくって揉みはじめる。

「あん……、そ、そんな……こと……な……」

胸元にあらたな刺激を与えられて、リディは途切れ途切れに答える。

「言ってしまえよ……おれのほうがいいって。……すぐに達してしまいそうだって」

アロイスがうしろから、熱い硬直でぐいぐいと蜜壺《みつつぼ》を突きあげてくる。

「そんなこと言わせるものか。きみは僕のも好きだろう、リディアーヌ？」

レオナールは硬くなった乳首を弄って、耳朶に口づけながら甘い声で訊いてくる。

「あ……レオ……だめっ、胸さわっちゃ……ああん……っ……」

「ほら、きみが淫らな声で啼《な》くせいで僕のも限界だよ。その口で気持ちよくして鎮《しず》めて」

下衣を脱いだレオナールが、雄々《おお》しく勃《た》ちあがった欲望をこれみよがしにリディの前にさらけ出す。

「あ………」

凛々《りり》しく張り出した尖端には欲望の雫《しずく》が光っている。それが快感を与えてくれるものだとわかっているから、リディは我知らずもの欲しげに見つめてしまう。

「そんなのを咥《くわ》える余裕はないよね、リディ？」

背後のアロイスが、負けじとリディの性感帯を狙って腰をうちつけてくる。

「あぁっ……んん……っ、アロイ……ス……っ、やめて……」

内奥の感じやすいところを深く穿《うが》たれて、リディは迸《ほとばし》る快感に腰がくだけそうになる。

そうして下肢をうち震わせる快感に気を取られていると、いきなりレオナールが熱く撓《しな》る屹《きつ》立《りつ》をリディの口元にもってきた。

「すまない。見ているだけではもう我慢できない。はやく舐《な》めて、リディアーヌ」

レオナールが色っぽい声でねだり、返事をまたずに張りつめたそれをぐっとリディの口腔に押し込んでくる。

「――んぅ……っ」

熱く滾《たぎ》るそれを口の中いっぱいに含まされて、リディのからだはいっそう火照りを増す。喘ぎ声を逃す場所がない。だからその快感をそのままレオナールの硬直に舌を這《は》わせることで解消するしかない。

「ん、……う……ぅ……」

舌の上にはほのかに潮のような味がひろがっている。含むのに精一杯のリディは、どんなふうにすればいいのかと、四つん這いで彼を咥《くわ》えこんだまま、熱い怒張に戸惑ってしまう。

「ああ、気持ちいい……、そのままきみのかわいい唇を動かして」

レオナールはうっとりと艶《つや》めいた目で彼女を見下ろしながら、やりかたを教えてくれる。

髪を撫《な》でる彼の手つきが優しくて、リディは口にしているものが愛《いと》しくなり、少しずつ指南されたとおりに舌と唇を動かしはじめる。

「ふ……、ん……んぅ……、んく……っ……」

うしろからアロイスに送りこまれる快感に翻弄されながらも、リディは拙《つたな》い舌遣いでレオナール自身を愛撫《あいぶ》する。

ふたりと同時に繋《つな》がっているのだと思うと妙な高揚《こうよう》感に包まれて、リディは調子にのって、竿部《さお》にまで淫らに舌を這わせてしまう。

「いやらしい眺めだな、リディ……、きみがレオのを咥えてるのってすごく興奮する」

アロイスがにやりと卑猥《ひわい》な笑みをうかべ、リディの背を抱きしめるような体位になって彼女の乳房と秘所に手を伸ばしてくる。

「ん……っ」

彼の手が秘所に伸びて、濡れそぼった花芯に触れると、リディの背はびくりとのけぞった。

（アロ……イス……っ……）

リディは感じやすいところを指の腹で弄《もてあそ》ばれて、レオナールを口に咥えたまま腰をのたうつようにうねらせる。

「やっぱりここをさわられるのが好き？　このまえもこうされて達してしまったんだよね？」

アロイスはリディが感じることを知っていて、ぬめった指先でふくらんだ敏感な突起を執拗《しつよう》に弄りまわす。

「ん……ん……っ、んぁ……ぅ、んん……」

リディは下肢からこみあげる底無しの快感にぶるぶるとうち震える。

「だってリディがあんまりにもおいしそうにレオのことを舐めるから……妬《や》ける」

耳朶に唇をよせたアロイスが、熱くて甘い声で責める。

彼はリディの蜜壺におさまっているものを動かすのも忘れず、わざと性感帯を狙った角度で容赦《ようしゃ》なく穿《うが》ってくる。

ふたりの結合部からは、硬直が愛液をまとってぬちゃぬちゃと媚壁を滑る卑猥《ひわい》な音がたつ。

容赦のない性技に、ついにリディは余裕をなくして、咥え込んでいたレオナール自身から口をはなしてしまう。

「ん……あん……っ、そこ、……は……いや……っ」

抑え込まれていた甘い声が迸《ほとばし》る。アロイスは知っていてそこばかり突き込んでくる。いじわるなアロイス。やっぱり彼のほうが危険で攻撃的だ。

「あ……、はぁ……んっ……、んっ……、や……めて……」

リディは深い快感に呑《の》まれそうになって、シーツを握り、背をのけぞらせて喘ぐ。

「きみが誘ってるんだって、なんでわからないんだ。その甘い声が僕たちを夢中にさせるんだよ」

前にいるレオナールが、瞳を潤ませて悶《もだ》えるリディの顔をうっとり見つめながら言う。彼の手はふたたび彼女の乳房にのびて、その頂《いただき》を愛撫しはじめていた。

「あ……、あぁ……レオ……も……だめ……、ん……んん……っ……」

リディは乳房と下肢の両方を気持ちよくされて、蓄積した内奥の快感がいよいよ弾けそうになるのを感じた。

「ああ……すごく締めつけてくる。……このまま、いきそうだ。……出すよ……リディ……」

アロイスもいよいよ息を乱しはじめる。

「おまえ……中はよせよ、アロイス。僕たちはまだ式をすませてないんだぞ」

レオがあきれたようすで口をはさむ。

しかしアロイスは聞く耳などもたなかった。ひときわ奥深くを突きあげたかと思うと、短くて艶めいた呻《うめ》き声とともにリディの中で果てた。

彼のものが内奥で激しく脈打って、どくどくと吐精《とせい》するのがわかる。

「アロイス……！」

リディは媚壁に残る快感の余韻《よいん》に浸りながらも、子ができてしまうようなふるまいをするアロイスをたしなめる。彼はこれまでもたいていそうだった。欲望の赴《おもむ》くままにリディを愛す。

「あいかわらず行儀《ぎょうぎ》が悪くてだめだな、おまえは」

レオナールも苦笑しながら彼を見ている。

「相手がリディだから我慢ができないだけだ」

アロイスはそう言って愛おしげにリディのうなじに唇を押しあてると、彼自身をずるりと彼女の中から引き抜いた。

「は……ぁ……」

リディがぐったりと脱力してシーツの上に腹ばいになると、下肢のあわいからぬるい彼の精液がとろりと溢《あふ》れて内腿《うちもも》を伝う。

リディのからだは、いま完全にアロイスの色に染まっている。

けれどそれを見守っていたレオの面《おもて》にはなんの嫉妬《しっと》もためらいも見られない。まるで彼自身がリディの中に吐精したかのように満たされた顔をしているのだ。

「平気なの……レオ……？」

快感の残滓《ざんし》をひきずってぼんやりした顔のまま、リディが掠《かす》れた声で問う。こんなふうにアロイスの精をからだの奥深くに受けてしまっても？

「平気だよ。僕だっておなじようにきみを愛せるんだから。ほら、次は僕がきみを気持ちよくしてあげる」

レオナールは、アロイスから解放されたリディのからだをあおむけにさせると、その力の抜けてしまったからだを優しく組み敷いて告げる。

彼女の艶やかな栗毛の髪がシーツに波をうってひろがり、火照《ほて》ってほんのり桜色に色づいた肌が燭台《しょくだい》の炎のもとに清艶《せいえん》に浮かびあがる。

「色っぽいな、リディアーヌ」

しっとりとした声で囁《ささや》きながら、レオナールは正常位のまま下肢をリディと繋《つな》げる。

「ん……っ、あぁ……」

すでにアロイスに愛されて潤みきったそこに、彼の硬直はいとも簡単に呑みこまれていった。

あらたな刺激にリディの性感は高まり、レオナールのアロイスへの寛大さに混乱しながらも、彼女はふたたび甘い溜め息を洩らしはじめる。

レオナールはリディのからだを抱きしめ、腰だけをゆっくりと動かして彼女の内奥を穿つ。慣れた体位で攻められ、アロイスの放った精も溢れ出て、リディの蜜壺《みつつぼ》はじきにずくずくになってしまう。

「ああ、アロイスにやられてぐちゃぐちゃだな、リディのここは。でもすごく気持ちいいよ。すぐに果ててしまいそうだ」

卑猥な笑みをはいて、乱れた息をこぼすリディの唇を塞ぐ。次いで、舌を差し入れて濃厚な口づけをはじめる。

「……ふ……ぅ……、ん……」

レオナールは熱く濡れた舌をリディのそれにからめ、アロイスとの情事を打ち消すかのように淫らな音をたてて吸いたてる。

激しく求められて、下腹部の奥に甘い感覚がじんと響いてひろがる。

いまはレオナールからの口づけもアロイスとおなじように心地よくて、彼のやわらかな唇も熱い舌もなにもかもが愛おしい。もっと、ずっとこうされていたくなる。

いつのまに、こんなにものびのびと彼に愛情を感じられるようになったのだろう。やはり、イレーネとの関係が誤解だったとわかったときに、心に変化が起きたのだろうか。

「ん……」

内奥を心地よく突きあげられるたびに、彼への熱い想いが喉元《のどもと》にせりあがってくる。

「レオ――」

リディは愛《いと》しさにかられて、口づけの合間に彼の名を呼ぶ。

「愛してるわ……」

熱い吐息とともに、唇からかすれた甘い声がこぼれる。

「……僕のこともかい？」

レオナールが腰を遣ったまま、いくらか驚いたような声で訊いてくる。

「ええ……」

リディは快感に身をゆだね、彼のさらりとした髪を撫《な》でながらうっとりと頷《うなず》き返す。

「うれしいよ、リディアーヌ。きみの口から愛の言葉を聞けるなんてね」

レオナールが、下肢を深く繋《つな》げた状態で、リディのからだをきつく抱きすくめる。

リディは甘い圧迫と幸福なぬくもりの中で、彼の広い背中を抱きしめ返す。

（愛してる……）

自分はこの双子を愛しているのだ、彼らが望むとおりに、ひとつの存在として。そんなふうにとらえたら、自分がとても楽になれることにも気づく。重い枷《かせ》がはずれて、身が軽くなったような感じさえする。

「リディ、おれのこれも愛して」

レオナールと甘く見つめあっていると、となりで添い寝するように横になって自分たちを眺めていたアロイスが割り込んできた。

彼はレオナールの背にまわっていたリディの手をはぎとると、いつのまにか威勢を取り戻した彼の硬直を握らせてねだってくる。

「あ……、さっき……したばかり……なのに……」

手の中のそれは熱く張りつめ、燭台の灯を受けてなまめかしく照り輝いている。

「だって、きみがレオのあれを突っ込まれているところ見ると興奮する。ほら、こっちを見て、おれの敏感なところにもさわってよ」

男を主張するみっしりとした存在感に、リディの頭は甘く痺《しび》れる。それで何度も達せさせられた記憶がよみがえり、欲望にかられて無意識のうちにきつく握りしめてしまう。

「僕としているのに……アロイスのものまでしっかりと握って……リディは欲張りだな」

レオナールがそういう彼女を愛《いと》おしげに見下ろして笑う。

「あ」

リディは恥ずかしくなって、あわてて握ったアロイスの硬直から手を引こうとする。が、アロイスがその手を押さえて阻止《そし》した。

「このまま動かしてよ、リディ。きみの指がからみついてると思うとすごく気持ちいい。しごかれたらすぐにイッてしまいそうだよ」

アロイスは、リディの繊手《せんしゅ》を張り出した欲望の尖端にしかとからませなおす。そこへ、

「アロイスなんかほっとけばいいよ、リディアーヌ。いまは僕だけを感じて」

半身を起こしたレオナールが、少し挿入角度を変えて命じてくる。

秘所の最も奥深くまで、ぐっと熱く撓《しな》る彼のものが届く。

「あ、深い……の……、あぁ……ん……んっ……レオっ……」

最奥の性感帯をぐいぐいと突きあげられて、リディは思わず甘い声をあげてしまう。

彼の付け根が押しつけられるたびに、花びらや花芯までもが押しあげられて熱と快感を生み、奥からさらなる愛液があふれる。

すると、そばで肘枕をついたままリディに一物を握らせていたアロイスが、

「いやらしくていい声だな、リディ……でもその声はおれとするときまでとっておいて」

彼女の薄桃色の唇を見つめたまま、すっとそこに指先を這《は》わせてきた。

「……ん……っ……」

いきなり唇をなぞられて、リディの意識がいくらかそちらにそれる。

アロイスから注がれるのは独占欲に満ちたまなざし。ふたりはひとつであることを主張しながらも、ふたりきりになればそれぞれが自己主張をはじめるから戸惑ってしまう。

（アロイス……）

やがて唇をなぞっていた彼の指が唇を割って、リディの中に忍び込んでくる。

「あ……」

それは歯列を退けて、リディの舌をさぐりあてる。

「きみの舌は、あそことおなじで熱いな」

舌の先にぬるりと彼の指を感じて、リディはどきりとする。

ただ唇を割って彼の指が入っているだけなのに、なんとも卑猥《ひわい》だ。まるで彼の雄芯を連想させるかのようで――。

「舐《な》めて」

アロイスはリディの口を指先に浸したまま、淫靡《いんび》な笑みをはいてねだってくる。

「あ……んん……」

レオナールの抜き差しによって快感に追いたてられているリディは、舌をくすぐるような指先の動きにつられて、思わずちゅくちゅくとその指を吸ってしまう。

その淫らな舌と唇の動きに反応して、リディの手の中に握られていた彼の硬直がドクリと脈を打つのがわかった。

「かわいいな、リディ。これがおれのアレだと思って、もっとたくさん舐めてよ」

リディの口腔《こうこう》を蹂躙《じゅうりん》することに高揚《こうよう》したアロイスが、じっと彼女と視線をからめたまま指を二本に増やしてくる。

リディは下肢《かし》の快感に気をとられながらも、なぜか喘《あえ》ぎ声を封じるその二本の支配的な指にもそそられて、舌をからませて貪欲《どんよく》にしゃぶりたててしまう。

「ん……んぁ……んん……っ……」

リディの桃色の唇からは唾液《だえき》が溢れ、つうと口の端を伝う。

ふたりの相手を同時にするなんて、ふしだらすぎる。けれど、そういう信じられないくらいに淫らな行為に耽《ふけ》る自分自身にかえって高まりを覚えてしまう。

「はぁ……、んっ……んん……っ……」

きっとお酒がまだ残っていて、おかしくなっているのだわ。

リディは快感に酔って霞《かすみ》のかかった頭のどこかでそんなことを思う。

それからレオナールの深くて激しい律動に意識を引き戻されて、リディは自分が快感の極みに昇りつつあるのを感じる。彼の熱い硬直を抜かれるたびに、ひきとめるかのような力が勝手に入ってしまうのだ。

「あ……ああ……んっ……」

そのさまを、いつのまにかリディの口から指を退いたアロイスがじっと凝視している。

「いきそう？　腰の動きがすごくいやらしいよ、リディ。きみのほうがレオのアレを食べてるみたいだ」

熱をおびた彼の視線は、彼女が達するのをむしろ待ち焦がれているように見える。

「み、見ないで、アロイス……」

リディはなんともいえない羞恥《しゅうち》にかられて焦る。相手がレオナールとはいえ、達してしまうところを第三者に見られるなんて恥ずかしすぎる。

「どうして、感じてるきみは最高にきれいだよ、リディ。きみがレオのでいくところを見せて」

アロイスが美貌《びぼう》をよせてきて、こめかみに口づけながら熱く囁く。

そうこうしているうちに、熱く沸いた内奥がますますレオナールを求めて淫らにうねりだしてしまう。

「あ……ああ……、だめ……、いきそう……なの……」

こんなにもアロイスに視線を注がれた状況なのに。

そのまま突かれれば果ててしまうことを予感したリディは、アロイスから目をそむけ、乱れた吐息に胸を上下させて告げる。

「一緒にいこうか……、リディアーヌ。……アロイスに……見せてやればいい……」

レオナールが、いっそう激しく腰を遣いながら甘い声で誘いかけてくる。

「は……ぁ……んっ……、や……ん……っ、こんな……の……」

だれかに見張られた状態で達するなんて耐えられない。けれど快感に沸くからだはとどまることを知らず、せっぱつまったリディの息ははぁはぁとますます荒くなる。

「ああ、瞳まで潤ませて色っぽいな、リディ……、おれもはやくきみともう一回したい。ここさわらせて」

いじわるなアロイスは、レオナールに突かれているリディの下肢の茂みに手を伸ばしてくる。

「や……っ」

「こんなに濡らしていやらしいなリディは。レオのアレがきみの中で溺《おぼ》れてしまうんじゃないか？」

アロイスは二本の指の腹で、屹立《きつりつ》した花芯や、レオナールの律動に巻き込まれそうになっている潤んだ花びらをクチュクチュと弄《いじ》りはじめる。

「はぁ……あぁん……、き……もち……いい……」

もう一方の手ではレオナールにゆすられて弾む乳房をつかみ、彼がその頂を口に含んで淫らにしごきはじめるからリディはたまらなくなる。

「あん……ああ……っ、ダメ……、そんなに……したら……、いっちゃう……」

レオナールの深くて激しい突き込みと、アロイスの淫らな指や舌での愛撫《あいぶ》が渾然《こんぜん》一体となって官能をゆさぶり、リディはもうめまいがしてくる。

「僕も……気持ちいいよ、リディアーヌ、……きみの奥深くが……僕のを……ものすごく締めつけてくる……っ」

レオナールは、肉体の愉悦《ゆえつ》を貪《むさぼ》って恍惚《こうこつ》とした目をしている。

その艶《つや》めいた表情と、アロイスの淫《みだ》らな指遣いに煽《あお》られて、ついにリディは快感の極致を迎えてしまう。

「あっ……あぁんっ、……い……く……っ」

彼女は秘所をレオナールの屹立《きつりつ》に押しつけるようにしてからだをつっぱらせたまま、甘い衝撃に身をまかせる。内奥がはじけて、ビクンビクンと心地よい収縮がおとずれる。

ほどなくレオナールも滾《たぎ》る欲望をずるりと抜き出し、リディの腹の上にどくどくと吐精《とせい》した。放たれた飛沫《ひまつ》は、勢いよくリディの蜜色の腹に散った。

情事においてふたりになにか違いがあるのだとしたらこの点だった。レオナールは律儀《りちぎ》に子を孕《はら》むような行為は避け、アロイスは逆に、リディの中に奔放《ほんぽう》に欲望を放つ。

「愛してるよ、リディアーヌ」

リディに身をあずけてきたレオナールが、息を弾ませたまま告げる。

「ん……、レオ……」

リディも深く息をつきながら、広い背に腕をまわして彼を抱きしめる。腹にぬるりと触れる余力を残した彼のものが愛おしい。

レオナールがリディから身をはなすと、代わってアロイスの腕がくたりと力を失ったリディの脚をつかまえた。

快感の余韻《よいん》に浸る間もなく、アロイスの下肢が火照《ほて》ったリディの下肢にからんでくる。

「ま……、まだ、まって……アロイス……」

リディはもう少し、快感に痺《しび》れて桃色に染まってしまったような頭を休めたかった。けれど、

「いやだ。もうまてないよ」

アロイスは欲情のしたたるアイスブルーの瞳を熱っぽくひらめかせる。いじめっ子の彼がそれを許すわけがないのだ。

「愛《いと》しいリディ、次はおれがたくさんいかせてあげる」

耳元に艶めいた声で吹き込まれ、リディは甘い戦慄《せんりつ》にぶるりと身をふるわせる。

双子の王子から同時に愛されて、彼女の嬌声《きょうせい》と官能の溜め息は夜更けまで途切れることはなかった。

終章

二度目の王太子暗殺が未遂《みすい》に終わり、アロイスの告発と父を売り渡す覚悟をしたイレーネの証言によって、シャントルイユ枢機卿《すうききょう》とその関係者が反逆の疑いで捕らえられた。

舵取《かじと》りを失った国内のメディシ教派は一気に衰退し、アルデンヌ国教会はより盤石《ばんじゃく》なものとなった。

王太子レオナールとカスタニエ侯爵令嬢リディアーヌの婚儀は、予定通り十一月にとり行われた。

金の房飾りのついた緋色《ひいろ》の幕が張られた露台に、盛装した花婿とフリルとレースのふんだんにあしらわれた純白のウェディングドレスに身をつつんだ花嫁が姿を見せると、宮殿につめかけた民衆がふたりの結婚を讃《たた》えて喝采《かっさい》を送った。


翌々年の初夏。

リラの咲き乱れる離宮の庭で、王家の近親者のみを集めた内輪のガーデンパーティがひらかれた。

あたりには、花穂《かすい》からこぼれたリラの香りがそこはかとなく漂う。

青空のもと、テーブルの上にならべられたアルデンヌ国料理とワインを食べ倦《う》んだ参会者たちは、よちよち歩きをはじめた王太子夫妻のかわいい令息の顔色をかわるがわるうかがいにやって来る。

「まあ、ミッシェル様はほんとうにお父上にそっくりでかわいらしい子ですわね」

芝の上をおぼつかない足取りで歩くミッシェルの、レオナール似のやわらかな淡い金色の髪や、澄んだアイスブルーのつぶらな瞳を見て、みなが口をそろえて褒《ほ》めそやす。

リディは、結婚式を迎えるよりも前にすでに懐妊《かいにん》していた。それは王室関係者にしか知らされていないことだ。

季節が巡り、翌年の二月に臨月を迎えたリディは、無事にレオナールの子を出産した。

生まれた子は男の子だった。子供はミッシェルと名付けられ、あらたな世継ぎの誕生を、アルデンヌ国中の民が祝福した。

「でもミッシェルは絵本を見るのが大好きだ。きっと中味はリディアーヌに似たんだろう」

レオナールがとなりにいたリディの腰を抱きよせて言う。

「まあ、それなら今後はますます芸術振興が期待できますわ。今年はリディのおかげで財団の創設にも成功しましたのよ」

　リディの姉のゾエが、みなの前で誇らしげに言ってほほえむ。

「アロイス殿下の尽力もあったので」

　リディははにかんで言う。

「おふたりもあいかわらずよく似ていらっしゃるから、ミッシェル様はアロイス殿下の御子としても通ってしまうくらいですわね」

　ゾエがリディを真ん中にして並んでいるレオナールとアロイスをかわるがわる見ながら陽気に冗談を言う。

「じゃあ、次の子はおれとつくってしまおうか、リディ」

　アロイスがとなりのリディにさらっと言うと、

「そんな不謹慎《ふきんしん》な発言していないで、あなたもさっさと身を固めなさい、アロイス！」

　会話を聞いていた王妃が、王家の行く末を案じてわりと厳しい目をして咎《とが》める。

「おれは一生独身でいきます。女性にはさっぱり興味がありませんので」

　リディ以外の、と小さく続くがそれはだれにも聞こえていない。

「それにしても、ミッシェルはパパによく懐《なつ》いてるわ。公務で忙しくてなかなか会えないのにね」

　シルヴィアが、レオナールのもとによちよちと戻ってきて足元にくっついたミッシェルを見ながらほほえむ。

「ええ、このくらいの年頃だと人見知りをして泣きだす子も多いのに……」

リディはそのままレオナールに抱きあげられた小さなミッシェルを見ながらほほえむ。

「きっとおりこうさんだからパパだけは特別にわかっているのですわ。ねえ、ミッシェル様」

ゾエがレオナールに抱かれたミッシェルのやわらかな頬をつつきながら言う。

「ははっ。わかってないよね。だってミッシェルは――」

「レオっ！」

リディが言いかけたレオをあわてててたしなめる。

「ミッシェルはだれにでも懐くいい子なんだよね」

代わってアロイスがミッシェルのお腹をくすぐりながら言葉を継ぐと、お腹をよじってきゃっきゃとはしゃぐ愛らしい声があたりにひびく。

「おいで、ミッシェル。おばちゃまがヒナギクの花冠を編んであげるわ。あっちで戴冠式《たいかんしき》をやりましょう」

シルヴィアが、レオナールの腕からミッシェルを引き取って野辺のほうに連れてゆく。

レオナールとアロイスが、リディを真ん中にしてゆっくりとそのあとを追う。

野辺のほうまで来てしまうと、

「レオったら、さっきのはなに？　はらはらしたわ」

リディは少々唇をとがらせる。

「ほんの冗談だよ。しかしシルヴィアも、さすがに二世の見分けまではつかないみたいだな」

レオナールが、ミッシェルと前をゆくシルヴィアのうしろ姿を眺めながらおもしろそうにつぶやく。

「口に出さないだけであいつも気づいてるさ」

アロイスがふっと笑いながら言う。

「でも、ぜったいにこのまま秘密にしておかなくちゃだめよ。夫以外の男性《ひと》の子を産み育てているなんて世間に知れたら大変なことになるもの」

リディは少しばかり声をひそめる。

実は、ミッシェルはアロイスの子だ。

身籠《みご》っていることに気づいたのは、一昨年の夏の終わりごろだった。ミッシェルは、おそらくあの夏至祭《げしさい》のころに離宮でアロイスと結ばれたときにできた子なのだ。

そしてこのことは、リディとアロイスとレオナールの三人しか知らない。

「きれいね……」

野辺には一面に白いヒナギクが花ひらき、そよ風にゆれていた。

肩に流れたリディの髪や、薄手のドレスの裾《すそ》も風を孕《はら》んでふわりとゆらめく。

ヒナギクは彼方《かなた》の小川まで続き、緑の草の海に清らかな羽毛が降りてたゆたっているかのように見える。昔のままの、美しい眺めだ。

「なつかしいな、ヒナギクの花冠でやった戴冠式」

アロイスが、野辺に咲き乱れるヒナギクを眺めながらしみじみとつぶやく。

「リディはいつも僕とアロイスをまちがえて、アロイスの頭に花冠を載せた」

レオナールは屈託《くったく》のない笑みをうかべて言う。

「おっちょこちょいのリディ。でもかわいかったよ」

アロイスも幼いリディアーヌに想いを馳《は》せて笑う。

「わたし……、あのころから見分けなんてついていなかったのね……」

リディはふたりに腕をからませながら、くすりと笑う。

けれど、それでよかったのだ。区別されることに疲れた彼らは、ふたりでひとつの存在になって愛される道を求めた。

その相手に選ばれたのが自分なのだ。

八年前の夏の庭で、かくれんぼの最中に自分にこっそり口づけてきた相手がいた。

レオナールだったのか、アロイスだったのか。秘密の約束を守ってきたリディはいまだにそれがどちらだったのかわからない。

けれど、ふたりのことをおなじように愛しているいまとなっては、それも知らなくていいことのような気がした。

「次は僕の子を産んでよ、リディアーヌ」

レオナールがリディの右耳に口づけながらせがんでくる。

「じゃあ、しばらくはアロイスにお行儀《ぎょうぎ》をよくしてもらわなきゃ」

リディがたしなめるように言うと、

「ああ、それは無理だな。リディとしてると気持ちよすぎてほかのことなんか考えられなくなるから」

アロイスもまけじと彼女の左耳に口づけながら甘く囁《ささや》く。

「もう、アロイスは少しくらい我慢して。でないとどっちの子ができたのかわからないじゃないの」

リディはふたりからの口づけがくすぐったくて、首をすくめながらほほえむ。

いまも彼らが三人で愛しあっていることも、もちろん彼らだけの秘密だ。

あとがき

こんにちは、京極《きょうごく》れなです。

シフォン文庫2冊目になります。

今回は、見分けがつかないほどにそっくりな双子《ふたご》の王子、レオナールとアロイス、そして彼らに見初《みそ》められてしまったヒロイン・侯爵令嬢リディアーヌの恋物語。

リディは、アルデンヌ国の王位継承者であるレオナールと婚約して王太子妃になる身ですが、留学先から帰国した彼の双子の弟・アロイスに誘惑されて、気持ちがしだいに揺らいでいきます。

ヒーローふたりは今回も「エロく正しく美しく」を信条に、サド心をひそませて楽しく書かせていただきました。でもまあ、やっぱり正しいヒーローにはならなかったけど。とくにアロイスが危なっかしくてだめだな（笑）。

表紙からお察しのとおり、3Pものでもあります。でも実は書きたかったのは、3Pというより、禁断の愛に身を委《ゆだ》ねてしまうヒロインでした。前作に引き続き、作品のテーマは禁断の愛なのです。

舞台は近世のフランスをイメージしています。

作中に出てくる鏡の間のモデルはベルサイユ宮殿のもの。洋風の物語を書くときの背景や人物名などは、いつもフランスをベースにしています。

一番のお気に入りのシーンは、アロイスが狩場でリディをエロく苛《いじ》めるところ……、というのは冗談で、彼らが離宮で一線を越えてしまうところです。

だめだとわかっていても、心はとめられない（ついでにからだも）。

そういう、あってはならないふたりの関係を書くのはとても楽しかったです。

双子が抱いていた苦悩については、あまり書きこむと別のジャンルのお話になってしまいそうなので、終盤で軽くしゃべらせる程度にとどめました。

いくらそっくりの双子でも、さすがに一線を越えるまえに気づくんじゃ……とつっこみたくなりますが、そこらへんは、失くした記憶がここぞというタイミングできれいに戻った前作とおなじで、どうかファンタジーと割り切って読んでくださいませ。

いつもお世話になっている担当様、今回も的確なアドバイスをたくさんいただき、ありがとうございました。

超絶美麗《びれい》なイラストを描いてくださった天野《あまの》ちぎり様。ラフ画をいただいたとき、リディの悶《もだ》え顔のかわいさに痺《しび》れました。そして美貌《びぼう》の双子の涼しげなまなざしや肉体美には、ただただ感動するばかり。仕上がりを拝見するのがとても楽しみです。お忙しいなか、ほんとうにありがとうございました。

その他、出版に携《たずさ》わったスタッフの方々、そして最後まで読んでくださった読者の皆様にも、心よりお礼もうしあげます。

京極れな

シフォン文庫をお買い上げいただき、ありがとうございます。
ご意見・ご感想をお待ちしております。

◆——あて先——◆
〒101-8050　東京都千代田区一ツ橋2-5-10
集英社 シフォン文庫編集部 気付
京極れな先生／天野ちぎり先生

王太子妃の背徳の恋

2013年5月7日　第1刷発行　シフォン文庫

著　者　京極れな
発行者　鈴木晴彦
発行所　株式会社集英社
〒101-8050東京都千代田区一ツ橋2-5-10
電話 03-3230-6355（編集部）
03-3230-6393（販売部）
03-3230-6080（読者係）
印刷所　大日本印刷株式会社

※定価はカバーに表示してあります

ISBN 978-4-08-670025-2 C0193